集英社文庫

世渡り作法術

酒井順子

集英社版

世渡り作法術　目次

世渡り作法〈その二〉エリア篇

世渡り作法術

まえがき

食事の時は肘《ひじ》をつくな、とか。お茶碗《ちゃわん》についたご飯つぶは全部食べましょう、とか。子供のマナー教育はまず、食事のしかたから始まります。

それから私達は、挨拶《あいさつ》のしかたからお風呂《ふろ》の入り方まで、様々な場面におけるマナーを、学習してきたわけです。

が、ある程度大人になると、それまで右肩上がりだった「マナー成長率」は、ガクッと落ちることになります。なぜなら人は、相手が子供の時に限ってしか、マナーを教えようとはしないから。大人同士の関係の中で、他人のマナー違反ぶりを指摘するということは、まずあり得ない。相手を傷つけたくないという気持ちから、

「嚙《か》む時、クチャクチャ音をたてない方がいいよ」

とか、

「脱いだスリッパはきちんと揃《そろ》えて置こうね」

とは言えなくなるし、言ってもくれなくなるのです。

さらに大人になると、礼儀作法のハウツー本を読んでも答えを知ることができない、「マナーの応用問題」的な場面に、出くわすものです。それまでに身につけていた「マナーの公式」にあてはめても解決しない問題に、ぶち当たるのですね。

それはもはや人間性や性格が問われる事態であって、マナーでどうにかなるものではない、と考える方も多いかもしれません。しかしそんな時こそマナーの出番なのではないか、と私は思うのです。

生きていれば、相手と自分を無駄に傷つけないために、そしてその場の雰囲気を壊さないために、思ってもいないことを言ったり、思っていることを言わなかったりしなければならない時がある。

それを、「ああ、私は目の前にいる人のことをブスだって思ってるのに、『肌がとってもきれいですね』などと嘘《うそ》まで言って、自分の気持ちを誤魔化《ごまか》している。私は何て心がきたないのだろう」などと悩んでも、しょうがありません。「他人のことを面と向かって『ブス』と言ってはいけない」というのはもはや理屈ではなく、守らなければならないマナーなのだ、と割り切ることによって、心は解放される。それが、大人のマナーっちゅうものなのでしょう。それをしたたかと言うのなら、言わせておけばいい。

この本は、〝ありがちな割には、どのようなマナーで臨《のぞ》めばよいか、未《いま》だ解明されていない〟という状況・場面を選び、極私的マナー解説をしてみたものです。もしかしてこの本に書いてある通りに振る舞うと、とんでもなく裏目に出て、「礼儀知らず」などと言われてしまう可能性も、なくはありませんが。マ、その辺は大人の判断で。

……という、日本一無責任なマナー本。あまり信頼せずに、お楽しみ下さい！

世渡り作法〈その一〉…………シチュエーション篇

女友達と海外旅行に行きますか？

——*traveling abroad*

海外旅行、楽しいっすね。特に女性は、海外旅行が好きな生きもの。男性同士の海外旅行というのはあまり聞きませんが、女性同士のそれは盛んに行なわれています。

女性同士の海外旅行で、最も気をつけなくてはならないもの。それは、スリやひったくりではなく、一緒に旅をする相手との「仲たがい」です。旅は、人の本性をムキ出しにします。仲良しの友達と旅先で大喧嘩《おおげんか》、口をきかずに戻ってきた……という経験を持つ方も少なくないことでしょう。

なぜ旅先で友達と喧嘩をしてしまうのか。と考えてみると、お互いの意見が一致しないから、ということになります。海外においては、周囲は外国人ばかりで頼ることができるのは相手だけ、という状況。それなのに、相手のしたいことと自分のしたいことは一致しない……となると、イライラは募るばかり。おそらく皆さんにも身に覚えがあるであろう、女性特有の様々な「不一致感」を、検証してみます。

①食欲の不一致

旅の一番の楽しみは、食事。しかしだからこそ、トラブルが最も多いのも食事の場面においてである。たとえば、一人は「旅先では、現地のものをなるべく食べたい」という主義なのに、もう一人は「やっぱりどこに行っても日本食でしょう」と、しきりに日本料理店に行きたがるタイプだとすると、両者間の摩擦は避けられない。

ここで折れるべきは、やはり後者である。せっかくの海外旅行で、現地の料理を食べたいという前者の気持ちは、まっとうなもの。後者タイプは、醤油《しょうゆ》パックや梅干しなどを持参し、〝日本食恋しや〟の気持ちに歯止めをかける努力をしたいものである。

ただし後者が高齢の場合（自分の母親とか、おばあさんとか）は、もちろん後者に従いたい。やはり連日のフランス料理やエスニック料理にお年寄りを付き合わせるのは酷というもの。前者は、

「たまには日本食もいいですね」

と自分から言い出す心遣いが欲しい。

食べる量が違いすぎるのも、問題である。外国の場合、日本より一皿に盛られる量が多いので、相手がとてつもない大食いという場合はかえって便利なのだが、相手が著しい小食、もしくは偏食という場合は、非常に困惑する。

「アタシ、朝ごはん食べるとお腹いっぱいになってお昼は食べられないから、いらない」

などと言われ、普通に空腹になっている自分は青筋を立てる。また中華料理店で色々頼んでも、相手は野菜を少し食べただけなのに、

「アタシ、もうお腹いっぱーい。あとはあげるぅー」

と言い出し、こちらはテーブルをひっくり返したくなる。

しかし、そこで怒ってはいけない。「海外旅行は、大食の人と行くべし」は、鉄則中の鉄則。相手選びを誤ったのは自分なのだから、黙って料理を平らげるしかないのである。

②体力の不一致

旅先では、体力の差も如実に表われるものである。朝は目覚ましも鳴らないうちからパッチリと目が覚め、早々と支度。

「早く出かけようよ！」

と友人をせかす、健康な人。彼女はもちろん、どこに行くのも徒歩。歩くスピードも異様に速く、あまりにも元気すぎて「ちょっとお茶しない？」とか「もう少しゆっくり歩いて」と言い出せないムード。寝つきも良いため、夜はおしゃべりをする暇もなく、コテッと眠る。

健康すぎる人の相手をするのも疲れるが、不健康な人に合わせるのも、実は疲れるものである。朝は昼近くまで寝ている。どんな近くに行く時も、「タクシー乗ろうよーぅ」。そんな人に限って、旅先にもデザインのきれいな華奢《きゃしゃ》な靴などを履いてくるので、少し歩くとすぐに「足が痛アい」などと気怠《けだる》く言う。ついでになぜかこの手の人は頻尿のことが多く、一時間毎《ごと》に「トイレ行きたアい」とか、言う。

不健康な人と健康な人が一緒に旅をすると、たいてい健康な人の方がイラついてくるものである。健康な人は、不健康な人がのべつまくなしに身体の不調を訴えるので、そのうち狼《おおかみ》少年のお話のように、聞く耳を持たなくなってしまう。

しかし健康な人には、不健康な人のつらさは絶対に理解することができないのである。不健康な人は〝あっ、この人はアタシにイラついてるな〟と敏感に察知して、つい我慢をしてしまうことがある。その結果、彼女はストレス性の過呼吸でブッ倒れたり、膀胱炎《ぼうこうえん》になってしまったりする。健康な人は、イラつくからといってあまり威圧的な態度に出ないように、さらには日焼けや飲酒の強制をしないように、注意したい。
……とはいえ、やっぱり旅行は自分のペースで楽しみたいもの。二日に一回は別行動をとることを、お薦《すす》めする。

③物欲の不一致

女性の海外旅行において、食事と共に大きな楽しみとなるのが、買物。そして食事と同様、個人によってやり方が大きく異なるのが、買物である。

最もトラブルの原因となりやすいのは、金銭感覚の相違である。たとえば主婦同士の旅行の場合、夫の経済力によって、その行動は左右される。経済的に恵まれた夫とそのカードを持っている妻の場合、気に入ったものは即買い、というイメルダ気分を堪能《たんのう》することができるが、彼女につい同行してしまった普通の主婦は、従者気分に陥《おちい》ることになる。思いやりのないイメルダは、一足の靴を買おうか買うまいか悩む普通の主婦に対して、

「それいいわぁ、早く買いなさいよぅ」

と無責任な発言をしがちであるが、じっくり考えてから買うという行動は、尊重したい。

ブランドに対する意識の違いも、トラブルを招きやすい。かたや、「有名ブランドが大好き」という人。かたや、「ブランド品を買うなんて、恥ずかしい」という人。こんな二

人は、絶対にイタリアや香港《ホンコン》に一緒に行ってはいけない。前者が意気揚々とプラダやエルメスで買物した袋をいくつも抱えているのを見て、後者は、

「ちょっとそんな紙袋、早くしまってよ！　ナンなら一回ホテルに戻って置いてきて！」

と、気が気ではない。そのうち、

「そんなブランドのどこがいいの？」

「いいものはいいのよ！」

と、人生論にまで発展しそうな喧嘩になる恐れもある。ブランド買いをしたら、スリやかっぱらいの標的にならないためにも、なるべく早くホテルの部屋に持ちかえるように心がけたい。

「真似《まね》する人」も、煙たがられがちである。誰かが「これいいな」と言うと、すぐ「あっ、本当だ。アタシも買う！」となる人。その人に経済力がある場合はさらに顰蹙《ひんしゅく》を買いやすい。注意しよう。

④語学能力の不一致

海外旅行、特に個人旅行の場合は、ある程度現地の言葉が話せることが望ましい。とはいえ、英語も話せない私は、どこの国に行っても往生することが多い。そんな時に非常に

嬉《うれ》しいのが、「語学が堪能な同行者」である。タクシーやホテル、レストランなど交渉ごとは全て任せることができる。

特に相手が年上の場合は、安心できる。相手も、「私の方が年上なのだから」という意識を持っているので、「なにかと面倒を見るついでに言葉も話してあげる」ということになる。しかし同年代の場合は、途中で「せっかく旅行してるのに、なんでアタシだけツアコンみたいなことしなくちゃならないんだ！」と、キレることがある。

語学担当者と仲たがいしてしまうと、後は右も左もわからなくなる。そんな事態を避けるためにも、語学が堪能でない者のたしなみとして、

「このメニュー全部説明して」

とか、

「ハガキ出してきて」

といった無謀なお願いはせず、できるだけ自分のことは自分で、という姿勢を持ちたいものである。

⑤清潔感の不一致

子供の頃、クラスに一人くらいは「フケツ」といじめられる子がいたものである。しか

し大人になると、パッと見てフケツ、と思わせる人は減少する。同居でもしない限り、他人の本当の清潔観念は理解することができないが、それを確認することができる数少ない機会が、旅である。

私自身は非常に荒っぽい性格なので、

「へーぇ、ホテルの枕《まくら》カバーは使わないんだ」

「朝も夜もシャンプーするんだ」

などと、他人の潔癖《けっぺき》ぶりに感心することが多い。同じように私の友人は、

「この人、よくホテルの部屋を裸足《はだし》で歩けるわね」

「便座除菌クリーナー使わないで平気なの？」

などと、私の不潔ぶりに気が遠くなる思いをしているのであろう。

清潔感の不一致というのは、一発で仲たがいの原因にはならないものの、ボディブローのようにジワジワとお互いを疲弊させるものである。たとえば相手が、いつも先にお風呂《ふろ》に入るのに、その都度バスタブに抜けた髪の毛を付着させたままで出てきたりすると、その髪の毛をシャワーで流す度にストレスが溜《た》まる。また、

「屋台でゴハン食べようよー」

と誘っても、

「やーよ、フケツ！」

と一言のもとに断られたりするのも、ガックリくる。途中で爆発させないためにも、お互い多少の歩み寄りが必要なのであろう。特にアジア・アフリカ方面を旅する時は、清潔観念の一致する相手を選ぶことが必須、である。

⑥マナーの不一致

欧米の国に行った時に気になるのは、西洋風のマナーである。そして世の中には、欧米においてマナーを遵守《じゅんしゅ》する人と、全く気にとめない人がいるもの。

「あっ、口に手を当てて笑うのは変よ」

などといちいち注意されるのもムカつくが、おしゃれなレストランで一緒に食事をしていて、相手がスープを「ズゾズゾゾーッ！」と熱い味噌汁《みそしる》感覚ですすったりすると、やはり恥ずかしい。

やっかいなのは、マナーの問題というのは下手《へた》に注意ができないということである。マナーは、それぞれが生きてきた家庭やポリシーをそのまま反映するので、上品すぎる人に、

「日本人のクセに西洋人ぶってんじゃねぇよ」

とも言いづらいし、スープを音をたててすする人に、

「もうちょっと静かに食べたら？」

とも言いづらい。

私も、とある友人と旅行中、彼女が口を半開きにした状態でずーっとガムを噛《か》んでいるので「くちゃ、くちゃ」という音が常に聞こえてくるのにキレそうになった経験がある。しかし時はまだ旅程半ば。〝ここで注意したら、気まずい空気を抱えたまま旅を続けなくてはならないのでは……〟と危惧《きぐ》した私がとった行動は、「ガムを全部自分で食べ尽くす」というもの。

「ガムちょうだい」

とことある毎に彼女に言い、日本から持ってきた彼女のクロレッツをすごい勢いで食べた私。食べ切った後は彼女がガムをあらたに買う気配は無く、旅は無事に進んだのであった。……ま、ご参考までに。

いずれにせよ相手のマナーがちょっと気になるという時は、欧米方面に行かないことがまずは大切。また相手が異性、それももしかしたら自分と結婚するかもしれない相手であるとか新婚旅行であるといった時は、我慢できないマナー違反には勇気を持って注意した方がいい。そうでないとその先一生、あなたは相手の「くちゃ、くちゃ」という音を聞き続けなくてはならないことになってしまう。異性相手の場合は、最初の一回、が肝心なのである。

……というわけで、海外旅行での仲たがいのタネは、意外とたくさんあるものです。喧嘩を避けるには、自分が最も旅に対して求めるポイント、たとえば食事なら食事、買物なら買物、という部分で感覚が一致する相手を選ぶことでしょう。とても仲がよくて「この人なら大丈夫」と思っている相手でも、油断してはいけません。いきなり海外に行くよりも、事前に温泉旅行などで下調べをしておく方が、いいかもしれません。

こうして見ると海外旅行のパートナー選びは、恋人選び、配偶者選びとも似ています。皆様のバカンスが、成田離婚ならぬ成田絶交で終らないためにも、いいお相手を選ぶことができるよう、お祈りしております。

新入社員も社内恋愛していいですか？

――*intra office love affairs*

四月。それは、フレッシュマンのためにあるひと月です。しかし、お目出度《めでた》いばかりの月ではありません。入社式や入学式のその日から、フレッシュマンにとっての勝負は、始まるのです。会社や学校の先輩も、フレッシュマンを温かい目で見ている人ばかりとは限りません。同期の仲間もまた、ライバル。そこでこの項は、厳しい社会をたくましく生きぬく上で重要になってくるフレッシュマンにとってのお作法及び心構えを、考えてみたいと思います。

会社であろうと学校であろうと、フレッシュマンという生きものは、最初から興奮して突っ走る「先行逃げ切り型」と、最初のうちは目立たない「追い込み型」に二分することができるかと思います。自分が一体どちらのタイプであるのか、事前に判断するのは難しいとは思いますが、ある程度の予測はつけておきたいもの。果たしてそれぞれに必要なマナーとは、どんなものなのでしょうか？

〈先行逃げ切り型〉

この戦法は、中学校、高校、及び大学に入学するフレッシュマンに有効です。中学・高校は三年、大学は四年と、学校というのは卒業までの期間が一応は決まっています。いわば、短距離走のようなもの。

期間限定の勝負では、スタートダッシュが重要です。三年もしくは四年といった期間は、最初に目立った「スター」を、後から追い抜くには短すぎるのです。高校一年でサッカー部のレギュラーになったA君は卒業までヒーローであり続け、また大学一年でミス○○大学になったB子さんは、卒業するまでマドンナの地位にいられることでしょう。

が、しかし。社会人になる時、つまり会社に入る時にこの戦法を使用するのは、あまりお薦《すす》めできません。会社生活は学生生活と違って、三年や四年では終りがやってきません。スタート地点からはゴールの見えないマラソンのようなものなのです。

下手《へた》にスタートダッシュをしてしまうと、後からその疲れがドッと出てきます。マラソンの大会で、気負った新人選手が、前半にやたらと飛ばしてしまったせいで後半フラフラになるというケースがありますが、会社生活においてもその危険性は高い。

しかしきちんと目的を持って会社に入るフレッシュマンにとっては、「先行逃げ切り」が成功することもあります。たとえば、〝私はこの会社で条件の良い夫を見つけ、三年以内には結婚して辞める！〟という目的を持っている女子には、お薦めの戦法と言えるでしょう。最初から目立って、良い人材を早めにガッチリとキープするのです。多少、周囲の人間に嫌われようと、どうせ辞めてしまうのだから後はどうとでもなれ、です。

「良い夫を見つける」という目的を持って入社したあなたは、ボヤボヤしていてはなりません。目的達成のためには、綿密な計画と強い意志が必要なのです。ここでは、目的達成のための注意点を、いくつかご紹介しましょう。

①写真撮影で気を抜くな！

新入社員は、社員証などに使用する顔写真をまず撮られます。その手の写真は、社内報などに「本年度新入社員紹介」といった見出しのもと、掲載される可能性、大。

先輩の男性社員は、その手の印刷物が手に入ると必ず、「今年の女の子はどんなタマか」ということを物色します。男性社員同士で、人気投票をしたりすることもある。

それを考えたら、写真撮影の時には絶対に気を抜いてはなりません。〝エッ、今日って写真を撮るんだったっけ〟と気づいた日の格好はボロボロのセーター、急いで家を出たので髪もとかしておらずノーメイク……だったりすると、後悔は末代まで残ることでしょう。

ただし、〝今日は写真撮影があるから〟と、あまりキメすぎるのは、逆効果です。髪の毛を昔の女優のようにグルグル巻きにし、派手なアクセサリーをつけた姿で写真に収まってしまうと、それを見た男性社員から「銀座系」というレッテルを貼《は》られます。そして入社後は、水っぽい女が好きな男性の目に留まることになる。「好青年をゲットして三年以内に結婚」という夢を持っていたはずが、不倫地獄に泣く羽目《はめ》にもなりかねません。

②最初の飲み会で弾けるな！

新入社員は、とかく飲み会に誘われるもの。しかしこの時こそ、注意が必要です。新しい環境になってただでさえ緊張と興奮に包まれているところに飲酒という要因が加わると、いつもと違う激しい酔い方をしてしまうことがあるのです。「おっ、けっこうイケルねぇ」といった言葉に乗せられて飲みすぎないようにしましょう。

最初の飲み会の時に泥酔し、上司に抱きついてキスしそうになるわ女子トイレで熟睡するわ路上に寝っころがるわといった姿をさらす女子社員がいがちです。彼女がそんな酔態

みましょう。

からなー」と言われつづけなくてはなりません。最初の飲み会だけは、気を引き締めて臨《のぞ》

を見せることはその後一回もなかったとしても、会社にいる限り「あの子は飲むとスゴイ

③次の餌を待て！

女子新入社員というのは、程度に差はあるものの、誰しもモテます。会社の中では、目新しい存在として珍重される。そして本人も、一切の過去とは三月までに決別した気になっているので、大胆な行動にも出やすい。複数の誘いを受けて、〝アタシって何てモテるんだろう！　人生、絶好調！〟という思い違いをしてしまうのも、無理はありません。

しかし、目の前に下りてきた餌《えさ》にすぐ喰《く》らいついてはいけません。四月というのは、会社全体が発情期状態。オスもメスも目がくらみ、普段では相手にしないような異性を受け入れてしまうことが、ままある。

だから、四月・五月に誘われた人とすぐに交際を始めてはならないのです。発情期に乗って変な人と付き合ってしまうと、

「あの人って会社に入ってスグの頃、○○さんと付き合ってたんだって……」

といった、後々まで残る噂《うわさ》の種になってしまいます。五月までは浮かれた気持ちをグッと抑《おさ》え、次に来る餌を待ちましょう。

④一歳上を味方につけよ！

女子新入社員というのは、若くて新鮮というだけで、どうしても目立つ存在です。新入社員としてはその仕組みを利用してスタートダッシュをするわけですが、周囲、特に女性社員に、そのダッシュぶりがバレてはなりません。女子新入社員というのは、その他の女性社員にとっては「自分の地位を脅《おびや》かす可能性のある危険な存在」なのですから。同性を敵にまわすと、思わぬところで足をひっぱられる原因となってしまいます。

女子新入社員に対して特に強い敵愾心《てきがいしん》を燃やしているのは、前年度に女子新入社員だった人、つまりは入社二年目になったばかりの女子社員です。彼女はそれまでの一年間、「一番若い女のコ」としての人気を誇っていました。その立場が、今日から危ういのです。一応彼女は、新しいミス・ユニバースに選ばれた人にティアラを譲り渡す前年度のミス・ユニバースのようににこやかですが、気持ちの中ではドロドロとしたものが渦巻いている。

新入社員としては、彼女の機嫌だけは損ねたくないところです。部署の男性に多少チヤホヤされようとも有頂天にならず、まずは彼女になつきましょう。

彼女の前で下手に利口ぶるのは、禁物です。入社二年目の女子社員は、「アタシよりモテる新入社員」及び「アタシより有能な新入社員」を、何より恐れています。ですから、お茶のいれ方やコピーのとり方などは、本当はわかっていても、一応は彼女に質問してみるのです。さらには、彼女の前で簡単な失敗をしてみるのも有効です。「アタシってドジ」ぶりを過度にアピールすると、彼女の胸に〝お茶目《ちゃめ》ぶってるんじゃねぇよ〟という気持ちを起こさせてしまうので逆効果ですが、適度な失敗は安心感をもたらします。こうして、「私はあなたの地位を脅かす者ではありませんよ」ということを理解させましょう。

言葉遣いにも注意が必要です。入社二年目の女子社員に対して丁寧すぎるほど敬語を使用したり、「先輩」などと呼びかけたりしては、いけません。

中学の部活では、上級生のことは絶対に「先輩」と呼んで、年上を敬う姿勢を見せなくてはなりませんでした。しかし社会人女子の世界においては、「年上」であることよりも、「年下」であることの方が有利であったり、偉かったりするシーンがしばしばあります。そんな時、年下から年上に対して使用される「先輩」という言葉は、相手を敬うフリをしながらも自分の方が若いということをアピールするための道具となるのです。

「センパァイ、私、ここの伝票の書き方がわからなくて……」

といった言い方を聞いた時、疑心暗鬼になっている先輩は、〝いちいち自分の方が年下だってことを自慢するんじゃねぇよ〟と、思ってしまうことでしょう。低姿勢を保つことは大切ですが、社会人になったら「低姿勢」と「慇懃無礼《いんぎんぶれい》」との違いも、はっきり理解しておきたいところです。

⑤オヤジ中毒に注意！

世の中には、なぜか中年以上の男性に異常に人気がある若い女性というのが存在します。学生時代はその素質に気づかなくとも、会社に入るとやたらとオヤジに可愛《かわい》がられ、〝アタシってオヤジ受けがいいんだ……〟と理解するのです。

もし自分が「オヤジ受けの良い女」であることを自覚したら、あなたは相当に気をつけなくてはなりません。中年以上の男性というのは、若者男子と比べるとうんと世慣れているし、交際費は使えるし、知識も豊富です。遊んでいても、とてもラクなのです。たとえ生々しい関係にならずとも、あなたの感覚はオヤジ風になっていくことでしょう。

しかし、そのラクさがクセ者です。オヤジとの遊びに慣れ切ってしまうと、若者との付き合いが次第に面倒になるのです。「好青年を三年のうちにゲット」という目標はあっても、身体がついていかなくなってしまう。

そうなったらもう、あなたはオヤジ中毒です。「オヤジ転がしの女王」などという異名《いみよう》に有頂天になっている場合ではありません。目標達成のためには、一刻も早くリハビリを開始するようにしたいものです。

〈追い込み型〉

……ということで、「先行逃げ切り」の説明が長くなりましたが、これがなかなか難しい戦法であるということは、すでにわかっていただけたかと思います。ですから〝この会社に長くいよう〟という気持ちが最初からある人は、そうあせる必要はありません。新入社員の時にスターだった人が定年時までスターでいられる確率は、非常に少ないのです。新入たとえ新入社員になって最初の配属がいきなり地方だったとしても、出遅れた気分になってはいけません。地方勤務の数年間など、長い会社生活から考えればほんのわずかな期間。その地方ならではの、情の厚い異性と知り合える、という特典もあります。

「会社はオレの価値をわかってねぇッ！」

と自暴自棄になって退職などしてしまうと、後悔することになります。仕事の面でも異性関係の面でも、本社にいる人々をまくることは、ゴールまでの間であればいつでも可能なのです。

少しずつ事態は変化しているとはいえ、終身雇用という形態はまだまだ崩れそうにもない日本の会社。マ、新入社員の時はそんなにあせらなくてもいいってことですね。

お稽古ごと、いくつしてますか?

——*lessons*

子供の頃に習っていたのは、ピアノと書道でした。どちらもほとんど才能が無く、全くモノにならずに終ったのですが、大人になってから書道を再開してみたら、これが結構、楽しいのですね。

誰しも子供の頃に、何かしらのお稽古《けいこ》ごとをやった経験があることでしょう。たいていは中学生か高校生の時点でやめてしまうのですが、たとえば社会人になってからとか、主婦になってから、再び「お稽古ごとブーム」を迎える人も、いるようです。

友人を見ても、フランス料理教室やフラワー・アレンジメント教室、そしてカリグラフィー教室など、洒落《しやれ》た、そして〝そんなことが何かの役に立つのか?〟とふと思ってしまうようなお稽古にいそしむ人は多い。

その手のお稽古教室に集まるのは、主に女性です。二十五歳を過ぎると、不思議に女性というものは、〃自分のお金を、物品の購入と飲食と旅行のためだけに使っていていいのであろうか？〃という疑問を抱くようになるのですね。でおもむろに、自分に養分を与えたくなる、と。

しかし女性が集まるところに、摩擦は絶えず。華やかなように見えるお稽古教室にも、ドロドロとしたものが、渦巻いているようで……。

お稽古教室において最も嫌われがちなのは、先生を独占しようとする生徒です。たとえばお菓子教室において、

「せんせーい、ちょっとお話ししたいことがあるんですぅ。私ね、この前教えていただいたタルトを作ってお友達にプレゼントしたらすっごく喜ばれて、レシピを教えてっていうんで教えてあげたんですけれど、またその友達が作ってみたらとっても上手《うま》くできたらしくって、すっごく喜ばれて……」

みたいなどうでもいい話を、延々と先生に語る人。他の生徒も、先生に質問したいことが山とあるのに、その話のせいでなかなか先生に近寄れない。

お稽古教室に通っているとつい、それが学校のサークル活動か何かのように勘違いしてしまうことがあります。そして、まるで顧問の先生かコーチに甘えるかのように、先生に接してしまいがち。

しかしお稽古教室とは、「先生が持つ専門知識を、それぞれの生徒がお金を払って購入する」というシステムで成り立つ、「商品」なのです。そのことをもう一度思い出して、先生に接することが必要でしょう。

生徒の中ではどうしても、明らかに上手い人、そして明らかに下手《へた》な人、の差が出てくるものです。

上手な人というのはつい、「アタシは上手。先生にも可愛《かわい》がられてるのよ」ってなことを、他の生徒に知らしめるが如《ごと》く、声高《こわだか》にアピールしたがるもの。

だから、周囲に居る者としてはつい、

「本当に○○さんはお上手よねぇ」

「才能があるってこういうことよねぇ」

などといった称賛の言葉を贈らねばならない。「上手な人」は、自分が自慢話をすることによって、他人に「誉《ほ》めの強要」をしていることを、忘れてはなりません。

「上手な人」の中には、闘争本能が強すぎる人も、います。テニスなどスポーツ系のお稽古では特に目立つのですが、ちょっと練習試合などやると、「意地でも勝ちたい」という気合いが、あまりにもわかりやすく発散されて、ちょっと恐いくらい。

たとえばテニスの試合前の練習で、ボールの打ち合いをしていると、なぜかこちらの打ったボールを相手が打ち返さない。〝何故《なにゆえ》？〟と不安に思うこちら。するとどうやらそれは、「相手の打ったボールをまともに打ち返さないことによって、相手を不安に陥《おとしい》れる作戦」だったりするのです。その作戦はまんまと成功して彼女は勝利をおさめるのですが、
「テニス教室の練習試合程度で、そこまで姑息《こそく》な手を使うか？」
と言いたくもなるというものです。〝どんな試合であろうと、勝負という勝負には勝ちたい〟というその気力には、感心せざるを得ませんが。

フラワー・アレンジメントのような、勝負の要素が全く無さそうな教室においても、好戦的な人は黙っていません。「アタシは他の人よりセンスがある」と信じている生徒は、先生が他の生徒のことを誉めるのが、面白くない。黄色いバラを使ったアレンジメントで誰かが誉められたのを見ると、あえて自分も全く同じ花を使って違うアレンジを行ない、「アタシの方がもっとセンスがいいって知らしめなくっちゃあ」と、意気込むのです。

対して「下手な人」というのは、「上手な人」ほど迷惑な存在ではありません。むしろ周囲の生徒達に、「あの人みたいな人だっているのだから、私はまだ、大丈夫」という強

い気持ちを与えてくれる存在でもある。

しかし「下手な人」は、明るくいなければなりません。ケーキ教室で、生クリームはホイップしすぎて分離させ、卵を割れば殻が中に入り……みたいな人がいるとしましょう。

この人が、

「あたし、何やっても駄目みたいなんで、お掃除担当ってことにしまーす！」

といった対応をとってくれると、お教室のムードは明るいのです。しかし、

「あたしって、何をやっても駄目なものだから……。本当に本当に、ごめんなさい……」

などと涙目でどんより下を向かれたりすると、周囲は一気に陰鬱《いんうつ》な雰囲気に。

「そんなことないわよ、だってこの前、粉をふるってもらったら、とっても上手くできたじゃない！　あんなに粉を上手くふるえる人は、そういないわ！」

などと、あらゆる想像力を駆使して慰めなくてはならないのです。「下手な人」はそう卑屈にならず、下手なりに何かを学びとろう、という前向きな姿勢を捨ててはいけないのでしょう。

お稽古教室の雰囲気というのは、女子校の雰囲気と、似ています。慣れないうちは皆、澄ましているけれど、慣れてくればフランクな付き合いに。

「この前、新しいウェアを買ったわ」

「私はラケット、買っちゃった」

というお道具自慢も、女性同士ならではのもの。

しかしそのフランクな付き合いというのも、程度が過ぎると陰惨な気を帯びてきます。たとえば、ある種の花嫁修業的な役割を果たしている料理教室の場合。そこでは、誰が「私、結婚します」というプラカードを早く上げるか、といったことに皆、非常に敏感だったりする。

そんな時に二十五歳の生徒の結婚が決まったとしましょう。料理教室において、同年代の仲間や、年上であっても婚約者がいる人、彼とハッピーにやっている人に報告する時は、何も気を遣うことはありません。

「結婚することになったの」

と言えば、

「よかったわねぇ、おめでとう！」

と心から祝福してくれるのです。

しかし、たとえばその時点で恋人がいない人や、結婚が決まった彼女よりも十歳くらい上でしかも独身の人に話す時は、細心の注意を払わなくてはなりません。

「軽々しく決めちゃっていいの？」

とか、

「そんなに若いのに結婚しちゃうなんて、もったいないわねぇ」

と、どこかひねくれたことを言われる。もちろん、そんな言い方をされても、「おめぇらに言われる筋合いはねェよ」という言葉をグッと抑《おさ》え、ニコニコしていなければならないのですが。

四十代以上の主婦達が集うようなお稽古教室においても、やはり女同士の確執は、あるようです。

「あの人は、お教室の帰りに先生を誘ってお茶を飲みに行ったらしい。一人だけ取り入ろうと思っているに違いない」

「AさんとBさんは、私を食事に誘ってくれなかった」

「みんながCさんの悪口を言っているということを、私はCさんに話した方がいいのだろうか？　でもそんなことをしたら、私までが仲間外れになってしまうかもしれない……」

「今度新しくお教室に入ってきたDさんは、態度が生意気」

……等々、よく聞いてみると割とレベルの低い確執が多かったりして。さらに、その程度のことで真剣に悩んでいる主婦も、多かったりして。

「イヤならやめればいいのでは？」

と傍《はた》から見ていると言いたくなるけれど、なぜか彼女達は悩みながらも、お稽古ごとをやめないのですね。

どうやらその人達はお稽古教室を、「確執ごと」楽しんでいるらしいのです。確執があるからこそ、女同士。それを避けていては、「生きている」という実感は得られない……。

どうやらそんな「確執を求める本能」のようなものが、女性の中にはあるらしい。

そんな大人の女性達を見ているとどこかたくましく、確執を避けるためにお稽古教室で仲良しごっこをしている若い女性が、まだまだ青く見えてこようというもの。ああ女道、奥深し……。

デートの時、携帯電話の電源を切りますか？

——*mobile phones*

子供の頃の生活を思い出してみて、最も進歩したなぁ、と思えるものは、私の場合、電話です。

私が子供の頃は、プッシュホンすらまだ珍しかった。もちろんコードレスホンもなくて、親に頼んで電話のコードを長くしてもらったものです。誰にも聞かれたくない電話の時、コードを延ばして、別の部屋へと移動して話すために。

キャッチホンという技術にも驚きました。が、これは、ごく若い少女だった私達にとって、実に有り難い機能だった。

たとえば、いつかかってくるともわからない男の子からの電話を待っていた、青い日々。

キャッチホンが無かった頃は、親が電話で長話をしている時も、〝この間に彼から電話がかかってきていたらどうしよう？　もう二度と、彼は電話をかけてこないかもしれないのに！〟と、悶々《もんもん》としなければならなかった。友達との電話も、早々に切ったりしたものです。

しかし家にキャッチホン機能が導入されてからは、安心することができました。これでどんなに長電話をしても大丈夫！　と、少しだけ「待つ」ことを楽しむことができるようになったのです。

電話とマナーとの関係を気にし始めたのは、この「キャッチホン導入時代」あたりからだったと思います。

もちろん、昔から「電話をかける時はまずこちらから名乗る」とか、「電話に出る時は、『もしもし』だけではなく、『はい、○○です』と言う」とか、「夜遅くなったら電話はかけない」とか、ごくシンプルなマナーはありました。しかし電話の機能の複雑化により、マナーも同時に複雑になっていったのです。

昔の電話というのは、かける人とかかってきた人、一対一の通信手段であったため、電話で話している相手に対してのみ、気を遣っていればよかった。しかしキャッチホンの出現によって、電話をかけた人とかかってきた人、さらに両者に対して後から電話をかけた人……という、大人数が乱入可能な通信手段となってきたのですね。

そして「キャッチホンをどう処理するか」が、重要なマナー問題となってきました。今思えばこれが、後に携帯電話のマナー問題へとつながる発端だったわけですが。

AさんとBさんが電話で話している時に、Aさん側にキャッチが入る。ここで、Bさんに対して最も失礼でない対処方法は、キャッチホンを無視する、ということです。AさんはBさんのことが大好きでBさん以上に大切な電話の相手はいないとか、Bさんが極端に偉い人で、キャッチホンで会話を中断するなどという失礼なことはとてもできないとか、Bさんが海外からかけてきてくれているという時は、Aさんはキャッチホンを無視することでしょう。

次に上等な対応は、Aさんがキャッチに出て、キャッチの相手には「こちらからかけ直しますす」なんて言い、すぐ「あ、すいませんでした」とBさんとの会話に戻る、というもの。礼儀としては、非常にまっとうです。

しかし現実は、この限りではありません。キャッチの相手とBさんとを頭の中で天秤《てんびん》にかけ、Bさんの魅力の方が軽かったりすると、AさんはBさんに、

「ごめーん、ちょっと大事な仕事の電話が入っちゃって……」

などと適当な嘘《うそ》をつき、Bさんとの電話を、切ってしまうとか。

もっとひどいケースもあります。キャッチの相手と話しているのが楽しいあまり、Aさんは待っているBさんの存在を忘れてしまうのです。いつまでも受話器から流れる「トルコ行進曲」を聞かされながら、ひたすら待ち続けるBさん。嗚呼《ああ》……。

電話のマナーは、携帯電話の登場によって、ますます複雑になりました。「電車やお店の中では、携帯電話を使用しないようにしましょう」というのが中でもよく知られたマナーですが、それだけ守っていればいいというものではない。携帯電話という新しい道具は、人々の間に、新しい軋轢《あつれき》と、それを解消するがための作法をも生み出すこととなったのです。

まず、携帯電話にかける時、私達は普通の電話、つまりは家やオフィスに備え付けてある電話にかける時以上に、「相手が今、どんな状況にあるか」ということに気をつけなくてはならなくなりました。曜日や時間帯、相手の仕事の詰まり具合、時には健康状態まで鑑《かんが》みて、〝いつ電話したらいいものか……〟などと考える。

相手が出た直後に、

「今、どこ？」

と聞くのも、携帯電話では当然のこととなりました。これはマナーというよりも、携帯電話を相手にした時、人間であるならどうしても聞かずにはいられない、という類《たぐい》の質問です。どこにいるのかもわからない相手と話すという行為は、どうやら人に本能的な恐怖感を与えるらしいということを、携帯電話の出現によって私達は知りました。

また、

「今、大丈夫?」

というフレーズも、携帯に電話をかける時は欠かせません。よく考えてみれば、どこにいて何をしているかもわからない相手にいきなり電話をかける、というのはとてつもなく勇気のいる行為です。〝つながってほしい〟という気持ちもあるけれど、相手に迷惑かもしれないと思うと、つながらないとかえってホッとすることすら、ある。

「今、大丈夫?」

は、その不安を少しでも緩和させるためのフレーズです。それは相手に対しての言い訳であると同時に、自分に対しての言い訳でもある。マ、「携帯がつながる」という状態になっていること自体、本来は「受け入れオッケー」という印でもあるので、心配しなくていいっちゃいいのですが。

そんな風にさんざ考えて電話をしたというのに、相手が、

「もしもし」

と出て、こちらも、

「もしもし」

と返したその声を聞いた途端、

「ごめん、今ちょっと仕事中なので。後でかけ直します」

なんて無愛想に言われたりすると、ちょっとムカつくものです。そして別にこっちは全く悪くないのに、

「あっ、スイマセン」

なんてあやまったりして、あとから〝電源切っとけよ〟と思う。

基本的に携帯電話を持ち、そのナンバーを他人に教えるというのは、〝私は、いつでもどこでも、連絡が取れる状態でありたいのです〟という意思表示をすることでもあります。それなのに、かかってきた電話に対してさも迷惑そうに、そして「私は本当に忙しくってね。人気者なもんでね」とでも言いたげに、

「今ちょっと……」

などと言うのは、失礼この上ない。

話すことができない状況にある時は電源を切っておく。もしくは、どんな状況であれ、かかってきた電話は神様からの電話だと思って、丁寧に対応する覚悟を決める。これが、

携帯電話持ちとしての礼儀であると言えましょう。

携帯電話所持者がもう一つ、考えるべきなのは、「自分の携帯電話が鳴った時、一緒にいる人の手持ち無沙汰《ぶさた》加減をいかにフォローするか」ということです。

本当に大切な人と一緒にいる時は、携帯電話の電源を切る。そして、自分にとってそれほど重要ではない相手と一緒の時は、電源入れっぱなし。これは、携帯電話所持者に見られがちな態度です。携帯電話の電源のオンオフ具合は、一緒にいる相手の価値のバロメーターなのです。だからこそ、誰かと一緒にいるのに、相手を携帯電話にとられてしまうと、実に寂しいもの。

たとえば若い男女が電車の中で、仲良さそうに話している。と、突然女の子の方の携帯がプルル、と鳴る。彼女は、「ルパン三世」の次元大介《じげんだいすけ》の早撃ち並みのスピードでバッグから携帯電話を取り出し、

「もすぃもすぃー?(別になまっているわけではない。今の若い子特有の、サ行をあいまいに言う発音法で)」

と、出る。

「あーっ、久すぃぶりぃー。今ぁ? 電車の中だけど、別に大丈夫だよぉ」

と彼女が言った瞬間の、隣に座っている彼の顔を見よ。

突然、一人ぼっちにさせられてしまった孤独感。〝彼女と僕との関係って、「別に大丈夫だよぉ」って電話に断ち切られるほどの軽いものだったのか？〟という絶望感。

さっきまで続いていた楽しい会話の余韻で、顔にはまだ笑みが残っているところが、ますます彼の哀《かな》しさと侘《わび》しさを増幅させます。〝なんで、「今ちょっと話せないからまたかけ直す」って言ってくれないんだろう。ああ、今、僕の携帯が鳴ってくれればこの孤独は解消されるのに……〟と思うものの、そういう時に限って、彼の携帯はコトリとも鳴らない。

彼女の携帯から漏れ聞こえてくる声は、明らかに男性のもの。

「本当？　えーっ、あたすぃ（なまりでないことは、前述の通り）も行きたい行きたい、今度一緒に行こうよォー」

と無邪気に話し続ける彼女の横で、どんな顔をしていいか、そしてどんな行動をとっていいかもわからず、〝俺って、何……？〟と、ちょっと哲学的なことすら考えてしまう、彼なのでした。

男女の間のみならず、二人でいる時に片方の携帯が鳴る、というのは、相手にとって面白い状態ではありません。二人の間で会話のキャッチボールをしていたのに、急に横からボールを奪われてしまうようなものなのですから。〝キャッチボールにインターセプトって、アリなわけ……？〟という理不尽な気持ちになってしまう。

だから携帯電話所持者は、心を配らなくてはならないのです。

今、目の前にいる人を大切にするのか。それとも「私の携帯電話にかけてくれる誰だかまだわからない人」、つまりは一般的な「人気」を取るのか。これは携帯電話を持つ人に与えられた、大命題です。目の前の相手が大切な場合は、〝いつでも連絡がとれる人間でいたい。みんなの人気者でいたい〟という寂しん坊な心を、捨てなければならないこともあるのですね。

しかし携帯電話は、寂しん坊の心を癒《いや》す万能薬ではありません。本当の寂しん坊は、「いつでも連絡がとれる人間」として存在するが故《ゆえ》に、深い孤独に陥《おちい》ることもある。

たとえば、街中で携帯電話をしきりと取り出し、眺めたりさすったりしている人。誰かからの電話が欲しいのに、誰からもかかってこない、と見受けられます。おそらく留守番電話やメールをチェックしたりしているのでしょうが、なにも残っていないムード。

この行為は、その人の「人気者でなささ加減」をかえって強調するようで、見ていてどうにも寂しいものです。ため息を一発ついて、バッグに携帯電話をしまう彼女を見ていると、寂しん坊にとって携帯電話は、両刃《もろは》の剣《つるぎ》とも言える危険な道具なのだなぁと、思わざるを得ません。

なーんて言ってみましたが。これは現時点で、私が携帯電話を所持していないから、考えることなのでしょう。

もしも私が携帯電話を持ったとしたら、今まで言ったことなど全て忘れ、常に電源入れっ放し、「どんな連絡も逃したくないッ」と、秘めたる寂しん坊ぶりが大ブレイクしてしまうかもしれません。ま、それが恐くて携帯電話を持たないというところも、あるのだと思いますが。

追記

その後私は平成十二年夏、人様よりだいぶ遅れて、携帯電話を購入した。突然、〝やっぱみんなが持ってるものは持っといた方がいいかもなっ〟と思ったからである。が、既《すで》に若者ではなく、〝いつも誰かとつながっていたいの〟といったファンシーな望みも抱かなくなっていた私の生活は、携帯導入後も全く変わらなかった。自分の若者時代に携帯電話が普及していなくて本当によかった……と、携帯を握り締めて涙目になっているような若者達を見ると、思うのである。

お隣さんに挨拶しますか？

——*neighbors*

近所付き合いというのは、おっくうなものです。ご近所さんというのは無視できない存在ではあるものの、近所であるだけに、あまりプライバシーの奥深くまで介入されるのも、嫌。

最近では、隣にどんな人が住んでいるのかすらわからないことがあります。下手《へた》な近所付き合いは身の危険を招くことにもなりかねず、ただフレンドリーに接すればいいというものでもありません。

近所付き合いには、「これが正解」というやり方は、ないようです。どんなところに住んでいるかによって、付き合いの深さや方法が、かなり異なってくるから。

そこで今回は、「下町VS山の手」、そして「田舎《いなか》VS都会」とを比較することによって、それぞれ近所付き合いにおいて気をつけるべき点を、考えてみたいと思います。

〈下町VS山の手〉

東京の下町というのは、「東京」を一地方として考えた時、その特色が、最も色濃く残っている地域である。昔から住んでいる人が多く、かつ「熱い」気質の人も多い地域なので、近所付き合いは非常に濃厚。誰かが入院したとか、自転車が盗まれたとか、何か近所でコトが起きると、

「こうしちゃいらんねぇ」

と、イベント感覚で関係の無い人までもが集まってくる。

対して山の手の付き合いは、もっと冷めている。住宅地であるから近所付き合いは無いわけではないが、それはあくまで上辺。最も大切なものはあくまでプライバシーであり、一定の世間体を保持するために必要とされる最低量の近所付き合いで済まされる場合が多い。

両方の地域とも、顔見知り同士が挨拶《あいさつ》を交わすのはもちろんであるが、下町の場合は、顔見知りでなくとも無視していいというわけではない。雨の中、親子連れが傘をささずに

通りかかるのを見れば、

「おいおい、早くいかねェと濡《ぬ》れっちまうぞ！　傘かしてやろうか！」

と声がかかり、キョロキョロしてる人がいれば、

「お姉ちゃん、ナニ探してンだい？」

と声がかかる。

山の手の場合、とりあえず引っ越してきた側が挨拶まわりをすることによって近所付き合いがスタートすると考えてよいが、下町の場合は引っ越しのトラックが着いた直後から、

「どっから越してきたンだい？」

といった探りが入るのである。

新しくできたマンションに越してきた人でも、下町のコミュニティーからは逃れられない。町内会活動が盛んなため、町内会費はけっこうな額。かつ、〝アタシはマンションの住民だから、この辺の人はアタシのことなど知らないだろう〟と、お店屋さんで黙って買物をしていると、

「お姉ちゃん、あのマンションだろ？」

と、なぜかバレていたりする。「ツンケンして気取っている」などと言われないためには、〝一度会った人は全て知り合い〟くらいの意識が欲しい。

主婦の付き合いも、下町と山の手では少し異なってくる。たとえば近所の主婦同士、

「一緒にお昼でも食べましょう」

ということになったとする。山の手の主婦であればここで、

「おいしいイタリアンが近くにできたそうだから、そこにいかない？」

ということになりがちである。が、下町の場合は違う。彼等は中国人のように、親しみを表現する方法として「自宅に招く」という行為をとても大切にしているのである。だからすぐに、

「なんか作るからさ、ウチにおいでよ」

ということになる。そこで、手作りのチャーハンや焼きソバなどを食べたり、近くの洋食屋さんからちょっとしたものをとって食べるのが、下町風の主婦ランチ、なのである。

時に、もんじゃ屋さんで子連れの主婦同士が、もんじゃ焼きをつつきながら、「春の交通安全運動の当番がウザい」といったグチをタレているシーンも見かけるが、彼女達にとってのもんじゃ焼きは、食事ではない。あれはあくまでおやつであるということを一応確認しておきたい。

下町の主婦は、他人が家に来るからといって、山の手の主婦のように、特に念入りに掃除をしたり、花を飾るといった行為はしない。近所の主婦友達を他人とは思っていないの

で、普段通りの家の中を見られても平気なのである。

もちろん、訪ねる方も気取ってはいけない。山の手の主婦であれば、「いただきもののフルーツケーキ」を小箱につめ、麻のハンカチでラッピングしたものなどを手土産《てみやげ》として持参しがちであるが、下町でそんなことをするとかえって白い目で見られることになる。セブンイレブンで買った揚げせんとファンタのペットボトル、くらいの手土産が最適なのである。特に下町ではファンタやコーラといった炭酸飲料が好まれるので、忘れずに持参したいものである。

下町では、おしゃれのしすぎも禁物である。山の手では、ちょっと近所まで行くにも化粧をし、髪を巻き、石のついた指輪をはめて態勢を整える主婦がいるが、下町でそんな格好をしているとかえって怪しまれる。水色やピンクといったカラフルなウドンゴム（ウドンくらいの太さのゴム）で髪をくくり、素足につっかけ（ミュールではない）。これくらいの気の抜けた格好でも近所の家を訪問できる、という姿勢が〝私とあなたは気取らない付き合いをしている〟という気持ちを表わすのである。

山の手で注意したいのは、「主婦のウラ番」の存在である。下町の主婦というのは、自分でもお店をやっていたりして忙しい上に、思ったことはすぐ口に出す気質なのでカラッとしているのだが、山の手の主婦はヒマなのである。そして地域地域に、そんなヒマな主婦軍団の権力を陰でガッチリ握っているウラ番が、必ず存在する。

たとえばゴミにうるさいウラ番主婦は、ちょっとでも間違ったゴミの出し方をした人に容赦しない。ゴミ袋を開封して調べ、ゴミ置場に「○○さん。ゴミは正しく出して下さい」と大書して放置したりする。

また、犬の散歩界のウラ番主婦も存在する。犬の散歩の人がよく集まる公園で、愛犬家達を自分の権力下に置く。そして、自分になついてこない新参者に対しては「犬のシツケがなってない」「挨拶もしないでナマイキ」などと、陰口を叩《たた》くのである。

その他、深夜のウォーキング界のウラ番主婦、ボランティア界のウラ番主婦など、山の手では地域社会いたるところでニラミをきかす主婦達が存在する。彼女達の機嫌を損ねないようにすることが、山の手でうまく生きていく秘訣《ひけつ》と言えよう。

〈田舎vs都会〉

「都会のねずみと田舎のねずみ」というお話では、都会のギスギスした暮らしにすっかり嫌気がさした田舎のねずみが、「やっぱり田舎だ」という結論を出す。では今の日本においても、田舎生活の方が都会生活よりも、快適なのだろうか？

田舎では近所付き合いが深く、都会では浅い。これは当たり前のことである。田舎においては、その村の多くが血縁関係であったり、そうでなくともとことん素性を知り合った関係であるため、地域全体に親戚《しんせき》感覚が満ちあふれている。

親戚感覚であるから、当然、家に鍵《かぎ》はかけない。家族全員がいない時でも、開けっぱなしである。近所の人もそれを当然と思っているから、家人が誰もいなくても、勝手に家の中に届け物を置いたりして帰っていく。

庭と道の意識が曖昧《あいまい》な場合も多い。「墓に行くにはこっちが近いから」と、他人の家の庭を平気で通っていく。

都会でそんなことをしたら、明らかに不審者である。都会では、素性のわからない者同士が、狭い土地に集まって住んでいる。だからこそ摩擦を避けるために「見て見ぬフリ」「知って知らぬフリ」することが、近所付き合いでは重要なのである。

たとえば、都会に多いマンションの場合。マンションではたくさんの世帯が密集しており、そのマンション独自のマナーが成立している。たとえば住宅街にあるマンションであれば、エレベーターで会った人には誰でも挨拶をするのが普通である。郊外のマンションでは、住民がお金を出しあってテニスコートを借り、休みの日はいつも一緒にテニス、などということすら行なわれている。

しかし都会、特に繁華街の近くにあるマンションには、住宅街のマンションとは全く違うマナーが存在するのである。それはつまり、「住民同士、あえて知り合いになろうとしないようにする」というもの。

その手のマンションには、「いつも違う異性といる人」とか、「日本語が理解できない人」とか、「生傷が絶えない人」など、様々な背景を持った人が住んでいる。それらの人の場合、〝近所の人達と積極的に親交の輪を広げたい〟と願っているケースは、非常に少ない。

もしあなたが田舎からその手のマンションに引っ越してきたとしても、引っ越しの挨拶は必要ない。もちろん、

「あのー、これウチの田舎で作ったものなんですけど……」

と、味噌《みそ》をお裾《すそ》分《わ》けに行く必要もない。廊下ですれ違っても、目を合わせず挨拶もしないでいる方がかえって喜ばれるのである。もちろん、近隣の部屋から妙なうめき声や金属音などが聞こえてきても、〝何も聞いてません〟という顔ができるようにしたい。

また都会では、「近所に芸能人が住んでいる」というケースも、ままある。芸能人も、近所の人達と親交の輪を広げたがらない代表的な人種であるから、やはり見て見ぬフリが必要である。芸能人も人の子であるから、時には定食屋に、そして時にはコンビニにも行く。しかしいちいち後をつけて〝コンビニで何を買ったのかニャー〟などと探りを入れな

いのが、都会に住む者に必要な思いやりというものである。せいぜい、

「ウチの近所にキムタク（例）が住んでるんだよー」

と友達に自慢する程度にしておこう。

こうした都会では、近所の噂話《うわさばなし》といったものに無縁で寂しい、と思う人もいるかもしれない。しかし、都会には都会の噂の流布《るふ》ルートが存在する。地元に少しだけ残っているクリーニング店、写真店といった特定の商店が噂の発信源となるのである。

個人商店が少なくなった都会では、数少ない店舗に、地元住民が集中する。すると自然と、そこが噂の溜《た》まり場となるのである。特にその店の人が噂好きだと、

「ウラのマンションに斉藤慶子（例）が引っ越してきたよ。ウチにも洗濯物出しにきたけど、いい子だね、あの子は」

とか、

「向かいのマンションでいつも犬連れてる人ね、あの人はなんか有名な政治家の愛人だったんだってね」

といった楽しい話を聞くことができる。

写真屋さんも同様。しかし、あまりに詮索《せんさく》好きの写真屋さんだと、

「この前はずいぶんきれいな所に旅行してきたのね？」

などと、自分が現像に出した写真の内容を逐一、見られていたりするので注意したい。

……ということで、下町と山の手、田舎と都会。それぞれにメリットとデメリットがあるようです。クールでドライな付き合いがいいか、ホットでウエットな付き合いがいいか。個性に合わせて、住む場所を選びたいものですね！

合コン
何回しましたか？

——*joint parties*

年末が間近になってくると、にわかに活発になってくるもの。それは、若者達の「つがい作り」行動です。クリスマスに一人でいるのも何だかなぁ……ということから、とり急ぎ相手を見つけなくては、という気持ちになるのですね。

若者達の間で、異性と知り合いになることができる最も手軽な手段として認識されているのが、合コンです。人恋しくなる秋から冬にかけて、若者達の手帳は合コンの予定で埋まっていき、そこで数々の出会いが生まれていく。

とても楽しい合コンですが、裏ではより良い異性に接近するために、様々な駆け引きや策略が渦巻いているもの。そんな中で、楽しい合コンライフを過ごすにはどうしたらいいか、この項で考えてみたいと思います。

①幹事

合コンが成功するか否か。それは幹事の腕次第、と言っても過言ではない。店選び、メンツ選び、そして会の進行と、幹事の責任は非常に重いのである。

しかし、ただ責任が重いだけでは、幹事をやりたがる人は誰もいない。幹事には、労力に見合う甘い汁が用意されているのである。幹事を担《にな》う人は、それぞれのグループの中でも積極的な狩人《かりゅうど》タイプと見て間違いはない。

まず男性側の幹事と女性側の幹事は、事前に連絡をとりあう機会が頻繁にあるため、ある程度、お互いのことを知ることができる。合コンにおいて、幹事同士のカップル成立率が非常に高いのはこのせいであるが、合コンの幹事同士という立場で知り合って結婚したカップルは離婚率が高いというのも、何となくうなずける話である。

また幹事は、自分の好きなようにメンツを構成することができる。自分よりモテそうだと思われる友達は絶対に呼ばず、「自分が最高」という状態にすることも可能。同性の友人から合コンに誘われ、当日会場に行ってみたら、同性側は自分も含めてブスばっかりだったとしたら、その手の幹事にハメられたと思っていいであろう。

しかし世の中、そんな幹事ばかりではない。〝変な人ばかり合コンに連れていったら、ウチの会社（もしくは学校）の評判が下がってしまう！〟と、まるで自分が会社（もしくは学校）を背負って立つような気負いのもと、選《え》りすぐりの人材を揃《そろ》える、という人もいるのである。その結果、幹事が一番チンチクリンで、全くモテなかったりもするのだが、相手方の幹事がこのタイプだと、参加者としてはラッキーと言えよう。

自分は幹事タイプの人間ではないと思うのであれば、同性の友人の中で、優秀な幹事タイプに喰《く》らいついて、良い合コンに誘ってもらうことが大切である。その点、華やかなミッション系女子大を卒業した人などは、特に合コン慣れしていて、顔も広い。ただし合コン経験があまりに豊富すぎる人の場合、ヤリすぎて合コンに何ら夢も期待も抱けなくなった「合コンやりてババァ」と化してしまっている場合もあるので、その辺は気をつけたいものである。

②座席

合コンにおいて最初の勘どころは、座席を決める瞬間である。たいてい幹事が、

「じゃあ男女で交互に座るってことにしましょうか……」

と仕切るのだが、どの異性とどの異性の間に座るかは、椅子《いす》とりゲームに近い感覚。

初めて男女が顔合わせした時に〝こいつしかいないッ！〟という相手が見つかったとしたら、席に座る前から、その人のそばを離れてはいけない。「じゃあ座りましょう」となった時に、確実に隣の席を確保するためである。

女性側としてはまず、男性側のメンツの中で核となる人物を素早く見極めることが必要である。合コンというのは、男女が出会う場所であると同時に、楽しく飲むための場所でもある。飲み会においては、男性側で会話の中心となるような人のそばに「磁場」のような、最も盛り上がるポイントができあがる。自分の席がその磁場に近ければ近いほど、二時間の合コンを楽しく過ごすことができるのである。果たして磁場がどこにできるのか。素早い確認が求められる。

最初に磁場から離れてしまった人、もしくは目指す相手のそばの席に座れなかった人も、それでおしまいというわけではない。合コン中には、一回か二回、席替えが行なわれる。その時がチャンスである。誰よりも早くグラスを持って、立ち上がろう。

しかし、その時の席替えというのはそう容易なものではない。一度良い席を得ることができた人というのは、なかなか動きたがらないもの。いくら幹事が、

「それじゃあ席替えねー」

などと言っても、

「あっ、アタシちょっとトイレ行きたいから、この席でいいわ」

とか、

「私、料理の取り分けとかやらなくちゃならないから、ここがいい」

などと、もっともらしい理由をつけて頑として動こうとしない人がいるのである。

そう、合コンは、弱肉強食の世界。男も女も、気の弱い人は生き残れない。

「アタシちょっとトイレ行きたいから、この席でいい」

と言い張る友人には、

「アタシもトイレ行きたいから、そっちの席がいいわ」

と対抗するくらいの意気込みがほしい。

③モテ具合
合コンが弱肉強食の世界、というのは前述の通り。しかしその弱肉強食度は、参加メンバーの年齢が高ければ高いほど、薄まってくる（ように見える）。

たとえば高校生同士の合コンというのは、女性側では強者、つまり単純に「顔の良い女の子」だけが、合コンを楽しむことができる残酷な場である。男子達はまだマナーや場の雰囲気を察知するといったことを学んでいない野獣なので、「あの子、カワイイ！」と思ったら、ひたすらその子に言い寄ることしか頭にない。

さらにどんなに格好悪い男子でも、まだ男子群の中における己《おのれ》の低地位というものに気づいていないので、「諦《あきら》める」ということをせず、一番可愛《かわい》い女の子を好きになってしまう。結果、顔の良い女の子のところにだけ様々なレベルの男子が群がることになり、弱者である「可愛くない女の子」はちっとも合コンが楽しくなく、二次会はフェイド・アウトということになる。

大学生になると、男女ともにもう少し常識ができてくる。「己を知る」ようになってくると言ってもいいであろう。彼等は合コンが始まった瞬間、頭の中でルックスの順位づけを行なうのである。そして合コン中、その順位が釣り合う同士とだけ、仲良く話をする。身分不相応な相手は、最初から狙《ねら》わないのである。

結果、男子側で順列一位の人は、女子側で順列一位の可愛い女の子とカップルになる。さらに二位は二位同士……と続き、最下位は最下位同士カップルになる。寂しい思いをする人がいない代わりに、最下位と一位が親しく話をするようなことは絶対になく、下剋《げこく》上《じょう》は期待できない。大学生の合コンの場には、ルックスのみによる厳密な階層社会ができあがっているのである。

これが社会人になると、様相は一変する。みんな一応大人なので、「人間、ルックスだけじゃない」というフリをするのである。実際、社会人になると「異性をルックスだけで判断すると痛い目に遭うことがある」ということがわかってくるもの。特に女子側は、めぼしい男性がお金持ちかどうかといった項目も、見極めの対象となってくる。

だから社会人の合コンでは、顔の良い人のところに群がったり、容姿の順列によって会話する人が制限されたりということが起こらないのである。表面上は、ブスもブ男も、楽しく過ごすことができる。

「私達、ただ楽しく飲みたいだけなんです」

という言い訳のもと、誰とでも楽しく話すフリをして、絶対に場を盛り下げない社会人達。女性側に三十すぎの人がいると察知したら、年齢の話も絶対に出さない。たとえ内心〝今回はハズレ〟と思っていたとしても一次会の間だけは笑顔を崩さないあたりは、さすがに礼節の国の社会人、である。

④合コン、その後

それでは誰とでも平等に接する社会人達は、目当ての相手とどこでどうやって接近するのか。……と言うと、それは合コン後である。早い場合は二次会の席で、個人的な誘いが始まることもあるが、それは稀《まれ》。

高校生の場合、「すぐヤリたい。今ヤリたい」みたいな気持ちをセーブしきれないので、渋谷の居酒屋で合コンしている途中に女の子の手を握って、

「俺達、ちょっと酔っちゃったみたいだから外の空気を吸ってくる」

などとあまりにも見えすいた嘘《うそ》をついてその場から抜けてしまうケースもまま見られるが、大人はもっと慎重である。

合コンが終り、しばらく日がたってから幹事を通して、

「今度、また少人数で飲みに行こうよ。その時、○○さんも誘ってくれる？」

みたいな話がきたりするのである。

Eメールの登場は、そんな彼等にとって福音であった。社会人合コンの場合、最初に名刺交換をするのが必須なので、わざわざ聞かなくても、個人的な連絡先を入手することが容易になったのである。

Eメールというのは、個人間の連絡をとるためのツールとしては、電話よりずっと抵抗感なく使用できるもの。電話するのは大げさな感じがしても、Eメールなら、

「この前の合コンでは、どうもありがとうございました。また飲みに行きましょうね」

などと気軽に打つことができる。合コンにおいては、携帯電話よりもずっと有用なツールであると言えよう。

そんな風にしてできたカップルが愛を育《はぐく》み、見事に結婚までたどりついたとする。その披露宴の席で、仲人が行なう「新郎新婦の紹介」の時、二人のなれそめはどう説明されるのか。この時けっして、

「お二人は合コンを通じて知り合い……」

と言われることはない。合コンカップルというのは、

「お二人は友人の紹介で知り合い……」

となるのである。そう、あのカップルもこのカップルも、「友人の紹介」で知り合ったという人達は、みーんな合コンで知り合った(かもしれない)のである。現代日本の中で合コンがいかに重要な役割を占めているか、おわかりいただけるのではないだろうか。

……というわけで、合コン。今や、恋人探しのための行為と言うより、妻子持ちの男性や人妻までもが参加するという、単なる娯楽の一つにもなってきました。

その場合、やはり高校生のような欲が先走りすぎる意地汚い合コンや、大学生のような哀《かな》しい合コンは、避けたいもの。大人は大人らしく、節度ある合コンマナーで、楽しみたいものですね。そして本気で恋人を探している方には、良いお相手がみつかることを、お祈りしております。

同級生の名前が思い出せない時、どうしますか？

——*classmates*

　学校を卒業する時。誰しも、

「同窓会、絶対にやろうね！」

「年に一回は、やりたいわね！」

　と堅く誓いあうものです。が、時が流れると皆自分の生活に忙しくなり、同窓会のことなどトンと忘れてしまう。

　しかし不思議なもので、自分がなーんにもしなくても、同窓会って誰かがどこかで企画するものなのですね。ある日ふと、ポストに「同窓会のお知らせ」の往復ハガキが入っているのを発見して、感心したりするものです。

同窓会は、楽しいけれどなかなか複雑な意味を持つ集いでもあります。この項では、同窓会にありがちなトラブルや悩みを、考えてみることにします。

①同窓会に行くか、行くまいか？

同窓会のお知らせのハガキを受け取って、躊躇《ちゅうちょ》なく「出席」にマルをつける人は、すごく幸せな人か、すごく退屈な人かのどちらかだという。

幸せな人というのは、自分の幸せぶりを周囲に披露したい、という気持ちがある。谷沢《たにざわ》永一《えいいち》先生は、著書『冠婚葬祭心得』の中で「若くして異例の成功を収め、世間に取り沙汰《ざた》されるようになったときは、同窓会を欠席して顔を見せず、会の雰囲気を損なわぬ心得も必要であろう」と記してらっしゃるが、それを実行できるのは相当な人格者。成功者の多くは、有頂天で「出席」にマルをつけ、「近況」欄にも、自分の成功ぶりを書き綴《つづ》る。

また退屈な人は、単に退屈で退屈でしょうがないので、「出席」にマル。小さな子供がいる人も、堂々と子供を預けて外出ができる数少ない機会であるため、やっぱりマル。

対して「悩む人」には、様々な理由がある。ヒマはヒマだが、失業中である。子供がお受験に失敗した。ものすごく太ってしまった。卒業後、整形して二重まぶたにした。卒業した学校が嫌いなため、同窓会に出席する気などハナからないし、同級生との付き合いも卒業以来、絶っている……等々。

そう、人には様々な事情がある。自分が出席するからといって、友達に電話をかけ、「もちろん行くでしょ？　一緒に行こうよ」と無理に誘うのは、やめておきたい。

②何を着ていくか？

同窓会における服装は、その人が現在置かれている状況を雄弁に物語るものである。学生時代も華やかで今も華やか、という人は、〝こんな所で目立ってもしょうがないし〟と、案外質素にまとめてくる。しかし対照的に、学生時代はものすごく地味な存在だったのに、相手に恵まれたせいか結婚した途端「主婦デビュー」を果たし、シャネルスーツなど着てくる人もいる。この手の人が雑誌「ＶＥＲＹ」に小さく登場していたりすると、時代の変《へん》遷《せん》をしみじみと感じるはずである。

いずれにせよ、制服で学生生活を送っていると、同窓会での私服姿が時に新鮮に、時に異様に見えたりするもの。同じ制服を着ていたために気がつかなかった友人達のセンスと個性を、同窓会で改めて確かめてみるのもまた一興、である。

③相手の名前が思い浮かばない！

久しぶりの同窓会。色々な人と話は弾む。学生の頃はあまり仲良くなかった人とでも、大人になってからだと楽しく話せることもある。

が、しかし。必ずいるのが、〝この人、誰だったっけなァー？〟という人と、〝この人、顔は覚えてるけど名前が……？〟という人。そしてその手の人に限って、

「あーっ、元気ィ？」

などとこちらに話しかけてくるものである。して、そんな時どうするか。

話は、無難なところから始めたい。

「何組だったっけ？」

とか、

「クラブ、何だったっけ？」

といった話題から入り、凝《こ》り固まった自分の記憶を解きほぐそう。またその辺を通りかかった友人を会話にひっぱり込み、その友人が相手を何と呼ぶか確認するのも、手である。

名前がわからない相手が女性の場合、

「結婚したの？」

と尋ね、もし結婚していたら、

「名字、何ていうワケ？」

などと聞き出し、以降はその姓で呼ぶ、という方法もある。

いずれにしろ、「この人、誰だっけ？」という人のそばからは、できるだけ早く離れたい。調子にのってしゃべっているうちに、相手が実は同級生ではなくて先生だった、などということもあるので、思い込みには注意したいものである。

④自分だけ結婚していなかった！
女性の場合、二十代後半から三十代前半にかけて行なわれる同窓会は、「結婚しているか否か」が出欠席の分かれ目になることがある。バリバリのキャリアウーマンで仕事に夢中なので結婚してません、というような人は、

「まだ結婚どころじゃないって感じね」

などと余裕をカマすが、「結婚したいのだが結婚できない」ということが同級生にも知れ渡っていたりすると、たいてい欠席となる。そして同窓会では、

「○○ちゃん、またお見合い失敗したらしいわよ」

といった噂話《うわさばなし》が交わされるのであるが。

しかしそんなことはまるで気にしないで、未婚のまま同窓会に出席する女性（例：私）

も、いる。その手の人は、同窓会会場に入り、配られた同窓会の名簿をパラパラと眺めて、慄然《りつぜん》とするのである。名前の横の「旧姓」欄が空欄になっている女性が、ほとんどいないことに。

この手の人が一人だけだったりすると、気を遣わなければならないのは周囲の既婚女性達の方である。独身女性がそこにいる時は、子育ての話を一時中断し、

「いいわねぇ、自由で。私なんかもう毎日子育てしかやることがなくて、ずーっと家の中にいると気が狂いそうよ」

とか、

「ホント、結婚なんてあせってするもんじゃないと思うわ。ウチなんか旦那《だんな》の実家で二世帯住宅をつくるとか言い出して、もう勘弁してって感じー」

などと、「結婚してないくらい、たいしたことではない。結婚って、やってみればつまらないものだ」と説明してくれる。

そうなったら未婚者は感謝の意を込めて、

「何言ってるの、子供は可愛《かわい》いし旦那さんは素敵だし、言うことないじゃない。二世帯住宅たって、旦那さんの実家、世田谷でしょ？　いまどき贅沢《ぜいたく》な話よ。羨《うらや》ましいわー」

と、返答しなければならないのである。

既婚者の中には「女は結婚してナンボ」という価値観の人も、存在する。その手の人は、「未《いま》だに結婚してないのにノコノコ同窓会に出てこられる神経って、信じられない」と、珍獣でも見るように未婚女性を見るものである。特にそういう人達の前では、無理に「アタシは結婚なんてしなくても全然平気なの」的なアピールをしない方がいい。

「ああやって独身の人が意地をはってるのって、何か可哀相《かわいそう》ね」

とコソコソ言われるのがオチなので、

「私もそろそろ結婚しなくちゃ。アセっちゃうわー」

くらいのことは言って、八方丸く収めよう。

⑤かつての同級生がものすごく老けていた！

三十歳を過ぎると、同級生とはいえ、人によって「何歳に見えるか」ということがだいぶ違ってくるものである。〝なんだこのオヤジは。こんな先生、知らないなぁ〟などと思っていると、

「よォ、酒井。俺だよ俺。田中」

などと言われ、やっとかつての同級生・田中君の若かった頃の姿を思い浮かべたりする。

この時、

「ちょっとどうしたのよ、そんなにハゲちゃって……」

といきなり言わない方がいいのは確かである。がしかしこの場合、ハゲのことについて全く話題に出さないのは、あまりにも不自然であったりもする。田中君の方が気を遣って、

「参ったよ俺、こんなハゲちゃって……」

と自分から言ってくれると、こちらとしては有り難い。マ、だからといって、

「そうだね、こんなハゲちゃうとは思わなかったね」

などと心を許してはいけないのは当然のこと。彼は、どんなに自分のハゲぶりを自覚していたとしても、

「そんなことないわ、そんなに気にするほど目立たないわよ」

というかつての同級生からの言葉を、密《ひそ》かに待っているのであるから。

老けているのが女性の場合は、さらにデリケートな問題となってくる。高校時代はとても可愛い女の子だったのに、同窓会で会ってみたら異様に老けていた。少女から、「女」の時期をすっとばしておばさんになってしまったのである。

周囲の人全員が、

「あなた、老けたわねぇ」

と言いたいのだが、もちろん言えない。ただ、〝もしかしたら自分もあんな風に老けて

いるのだろうか？〟と恐怖に怯《おび》えつつも、一方では〝よかった。あんなに老けてる人がいるなら、私なんてまだいけるクチだわ〟と、ちょっとした優越感を楽しむことができるのであった。

老けるのは、外見だけではない。昔は引っ込み思案なおとなしい少女だったのに、ダミ声のガラッパチになってしまったA子ちゃん。子供の話だけし続けるB子ちゃん。他人の話をまるで聞かず、自分の子供の話だけし続けるB子ちゃん。昔は誰とでも「文化祭のこと」を話し合えたのに、今は話題の共通項が一つもないことを発見するのが、実は同窓会の最も恐ろしい瞬間である。

⑥次回の幹事になりそうになった！

同窓会も終りに近づいてくる頃に、やらなければならないことが一つ。それは、「次回の同窓会の幹事を誰が務めるか」を決定する、ということ。同窓会というのは、参加するのは楽しいけれど、実行するのはとても面倒臭いもの。非常に面倒見の良い人がいて、頼みもしないのに毎年やってくれる、という場合ならいざ知らず、そうでなければ幹事は持ち回りである。

当然、幹事になるのは避けたい。そこで有効な方法は二つ。一つは、「その場から去る」ということである。最後の「ご歓談」が終了して司会がマイクをとり、

「えー、皆さんお話も盛り上がっているようですが……」

なんて言い出したら、さり気なく会場を出て、トイレなどに行く。そして終った頃を見計らって、また戻る。この場合、タイミングを間違えて早めに戻ってきてしまうとかえって目立ってしまい、

「あっ、酒井さんがいたわね。酒井さんがいいんじゃないかしら？」

「さんせーい」

ということになりかねないので、その辺には注意したい。

もう一つの方法とは、周囲の友達と共謀し、学生時代に進んで学級委員などの要職を務めていて、今はちゃんとした家庭の主婦でボランティアに夢中、みたいな人を推挙する、というもの。周囲からも「それがいいわ」などという賛同の意を得てしまえば、その手の人は嫌とは言えない。

「じゃあ、お引き受けします……」

となり、もしかしたら永久幹事になってくれるかもしれない。うまく乗り切ろう。

……というわけで、同窓会。会が終ると妙に盛り上がって、疎遠だった人とも、

「これからは月に一回はみんなで飲もうよ！」

てなことを言いがちですね。しかし、そういった約束はほとんど守られることはないのです。そう、同級生はもう「過去」の人。過去を取り戻すことはもうできないことをひしひし感じる、同窓会なのでした。

友達の子供がブサイクだったらどうしますか？

——*friends' children*

出生率の低下が危惧《きぐ》されている現在ですが、今、私の友人達は盛んに子供を産んでいます。といってもほとんどが「三十歳・子供一人」という状態なので、昔に比べればずっと「晩産」なのでしょう。ともかく私は、一年に数回はデパートのベビー用品売場へ行き、お祝いを買うという状態です。

赤ちゃんを見にいくのは、楽しいものです。生まれたばかりの赤ちゃんを見に病院へ行くのは、病気見舞いとは違って気持ちもラク。しかしだからといって、気を抜いてはなりません。少子化の時代だからこそ、子供を見るにも、マナーは必要になってくるのです……。

〈子供の正しい誉め方〉

(a)新生児の場合

生まれたばかりの赤ちゃんというのは、正直いって、まだ人間というよりは動物のような感じがするものです。しかしよほど近親者でない限り、

「うわぁ、サルみたい」

といった正直な感想を述べることは許されません。たとえ母親自身が、

「ウチの子、鼻が上むいててブタみたいなのよー」

と言ったとしても、

「本当だ。ブーちゃんだね」

などと言ってはならないのです。

これは、母親と学生時代から親しかった独身の女友達がやりがちな間違いです。若い頃から仲がよく、辛辣《しんらつ》な冗談を言い合ってきた間柄だと、ついそれまでと同じ調子で赤ちゃんを論評してしまうのです。

しかし、それまでいくら親しかった友人でも、母親になった瞬間から別の人格になったと思って間違いはありません。キツい冗談に慣れている人でも、こと自分の子供に関して

だけは深く傷ついてしまうのです。特に初めての子供を産みたてで、母性に満ちあふれている相手の場合は、注意したいものです。

最近の母親の中には、〝子供を産んだ途端、赤ん坊にメロメロになるような動物的な女だとは思われたくない〟という気持ちを持っている人もいます。彼女達は「自分の子供をも冷静に観察することができる人」と思われたがっていますから、

「ウチの子、パパに似ちゃってブスなのよぅ。本当にどうしようもないわ」

などと卑下するような表現をすることもあります。が、もちろんそんな言葉に対して同意や同情は禁物。母親のクールぶりっこ、もしくは謙遜《けんそん》の言葉を真に受けて、

「気にすることないよ、子供の頃は可愛《かわい》くなくても大人になったら美人になるっていう話もあるし……」

と真剣になぐさめてはならないのです。クールぶりっこも謙遜も、「可愛い」という言葉を引き出すためのもの。「ブタみたい」という母親のつぶやきには、

「そんなことないよ、すごく可愛い」

と受け答えしなくてはなりません。

特に、子供がそれほど好きでなくてかつ正直な人というのは、知人の子供を見て何と言ったらいいのか、悩んでしまうものです。〝この子は、正直いったらブサイクだ。さすが

に母親もそれは気づいているであろう。だから私がここで下手《へた》に「カワイイ」なんて言ったら、母親の方は「この人ったらお情けでカワイイって言ってるに違いない」なんて、かえって傷つくのではないだろうか……〟と。

しかしそれは、杞憂《きゆう》です。母親は、自分の子供であればどんな子でも、とりあえず最初のうちくらいは可愛いのです。つまりどんな赤ちゃんであろうと、初めて見た時には、

「うわぁ、可愛い」

と言うのが、この国の礼儀。テレビのグルメ番組においては、

「うわぁ、おいしい」

とばかり言っているタレントは無能扱いされてしまいますが、赤ちゃんを見にいくという作業はグルメ番組とは違う。「うわぁ、可愛い」というごくごく平凡な言葉を連発することによってのみ、視聴者、じゃなくて母親を喜ばせることは可能なのです。

しかし、「可愛い」と言うばかりでは話が詰まります。連発しすぎると、そのうち嘘《うそ》っぽくも聞こえます。次の話題を探さなくてはなりません。「可愛い」の二の句として一般的なのは、「小さい」という言葉でしょう。赤ちゃんが小さいのは当たり前ですが、身体の各パーツがいちいちミニチュアサイズであることは、スレた大人を感動させる事実です。

「ちっちゃい手」や「ちっちゃい足」、さらには「ちっちゃい爪《つめ》」や「ちっちゃい唇」など、

誉《ほ》める箇所はいくらでも見付けることができるでしょう。

「小さい」のネタが尽きたら、「似てる」シリーズです。両親のどちらに似ているかといった話題も、赤ちゃんを主役とした場においてはポピュラーなもの。

しかしここでももちろん、アゴがあまりにしゃくれすぎている父親を持つ赤ちゃんに対して、

「アゴがパパそっくり」

という感想を述べてはならないということはまぁ、言うまでもないわけですが。

(b)乳児の場合

この世に生まれて半年を過ぎ、首もすわってちょっと人間らしくなってきた、という赤ちゃんのいる家を訪問するという時、どのような態度をとることが望ましいでしょうか?

この頃になってくると、赤ちゃんの顔つきも、だいぶハッキリし、個性が見えてきます。実はこの頃の赤ちゃんをどう誉めるかというのは、新生児の誉め方よりもデリケートな問題です。

つまりこの頃になってくると、その赤ちゃんの外見が、「単に小さくて可愛い」というのでなく、「親以外の人をひきつける魅力があるかどうか」の可愛さによって判断できるようになってしまうから。

人道的な見地で言えば、どんな顔をしていようと、子供はみんな可愛いのです。しかし私のような人道的でない人間が見ると、やはり「見た途端〝すげぇ可愛い〟と思ってしまう赤ちゃん」と、「『可愛いね』と言う声がつい嘘っぽくなってしまう赤ちゃん」というのが、それぞれ存在する。

後者の赤ちゃん、すなわち「大人になってからどうなるかはもちろん未知のことだけれど、少なくとも現時点ではそれほど美形とは言い難い赤ちゃん」を見た時、私達はどう反応するべきなのでしょうか。世の中には、どんな赤ちゃんと相対した時にも、

「かっわいーい！　私、今までこんなに可愛い赤ちゃんってマジで見たことないわ！　ちょっとだっこしていい？」

と、熱く、そして派手に反応する人もいます。おそらくその手の人は、演技をしているわけではありません。本当に一回一回、「こんな可愛い赤ちゃんは見たことがない」と感じているのでしょう。

しかしそれは、誰もができる反応ではありません。世の中には、相手が赤ちゃんとはいえ、つい冷静に見てしまう人もいるのです。〝私はとても、あんな大仰《おおぎょう》に可愛いと言うことはできない！〟と悟ったら、別の対応を考えましょう。以下、赤ちゃんの特徴別に、言ってはならない禁句例と、正しい誉め方の実例をご紹介することにいたします。

・顔が大きい、頭が大きい赤ちゃんに……
禁句例↓「これだけ頭が大きいと産む時もつっかえちゃって大変だったんじゃない?」
正しい誉め方↓「なんかこの子って、頭が良くなりそうよね!」
・耳が大きい赤ちゃんに……
禁句例↓「宇宙人みたい」
正しい誉め方↓「立派な福耳《ふくみみ》! 将来絶対にお金持ちね!」
・太っている赤ちゃんに……
禁句例↓「朝潮《あさしお》そっくり! アンコ型ね」
正しい誉め方↓「もち肌で気持ちい〜い!」
……というように、赤ちゃんが持つ何らかの特徴を、うまく「幸福のモチーフ」としてとりあげましょう。もちろん中には、これといった特徴のない子もいます。そんな時も、あせってはいけません。何らかのとっかかりを、見付けるのです。
・赤ちゃん自体にこれといった特徴は何もないが母親はまだ若い、という時に……
正しい誉め方↓「母親が若いうちに産んだ子って、運動神経が良くなるんですって。オリンピック選手を目指したら?」
というのも考えられますし、

・いよいよ何の特徴もない赤ちゃんに……
　正しい誉め方↓「（赤ちゃんの手を無理矢理こじ開けて）うわぁ、この子って生命線がすごく長い。長生きするわよぉ」
と、誰もが持つ手相で攻める、という手も最後には残されているのです。諦《あきら》めずに赤ちゃんを誉め続けましょう。

　その家庭において「赤ちゃんがブサイクである」ということの深刻さは、母親の器量によって左右されるようです。母親自身も、まぁそんなに美人というほどでもないという場合は、赤ちゃんがブサイクであっても周囲はあまり気になりません。「ママ似ね」という感じで、安心して見ることができる。

　しかし、ママが美人だった場合は、気を遣います。特に女の子の場合、〝ママはこんなに美人なのになぜこの子は……〟と皆が思っているのに口に出せないという状況になってしまい、何だか重い。

　美人が、ブサイクな金持ち男性とカップルになるケースはままあります。新米ママの女友達は、「金持ちと結婚した美人にブスい子供が生まれた」ということに対して内心、意地悪な喜びを味わっていたりするわけですが、それでも何だかあまりにも悪くて「まぁ、パパそっくり」とは言いづらいのでした。

しかし、赤ちゃんを見にいく時に気をつけなければならないのは、実は子供を産んだ経験のない人ではなく、経産婦です。経産婦は、自分も経験があるだけに、新米の母親にあれこれ口だしをしてしまうことがままあります。よかれと思って「ウチの子はこうだったわ」「これはやめさせた方がいい」といった発言をしても、相手は〝ウルセェんだよ〟と思っていることもある。やはり今や、子育ても個人化・個性化の時代。アラが目についてもグッと我慢することも、必要のようです。

しかしまぁこれからの世の中、子供というのは非常に貴重な存在となってきます。子供を産んでいない私としては、出産経験のある人はただそれだけで、尊敬の対象。「子供を見にいく」という行為は、出産という偉業を成し遂げた母親に対する賛美のための行事でもあります。私のような者としては、せめて母親にはいい気分になってもらって、楽しく子育てをしてもらいたいと、「カワイイ！」と叫ぶ日々なのです。というわけでお子様をお持ちの皆さん、頑張って下さいね！

バーベキューの時、何をしていますか？

——barbecue

日本古来のアウトドアフードといえば、焼《や》き芋《いも》。私も子供の頃は、庭の焚火《たきび》でよく芋を焼いて食べたものです。アウトドア好きの子供だった私は、それだけでは物足りず、庭にガスコンロを持ち出して（当時はカセットボンベはあまり普及していなかったので、家の中から長ーいホースでガスを引いていた）カレーを作ったり、飯盒《はんごう》でご飯を炊いたりもしました。

近頃、アウトドアブームはますます盛んになっています。しかしブームだというだけでアウトドアを楽しむ人の中には、マナーを守らない人も多いらしい。マ、「ゴミは持ち帰りましょう」とか「焚火の跡には土をかけておきましょう」みたいなマナーは「月刊アウトドアライフ」(そんな雑誌あるのか?)にまかせるとして、この項では休日はパタゴニアしか着ません、みたいな人も見逃しがちな、〝アウトドアライフにおける世渡り〟を考えてみることにいたしましょう。

①初心者

なにせ、アウトドア「ブーム」である。別に何の興味を持っていなくとも「キャンプ」とか「釣り」といった楽し気な言葉を聞いただけで、「キャー、アタシも行きたいー」と、ついていきがちな人は多い。そこでまずは、そんなアウトドアの素人《しろうと》達がどのようなことに気をつけたらいいか、考えてみたい。

まず、女性が犯しがちな過ちは、「旅行と勘違いする」ということ。とかく女性は、海外旅行の時など荷物が多くなりがちであるが、キャンプにも同じ感覚で来てしまう人がいる。壜《びん》に入ったままの保湿クリームなどがつまった荷物を手にヨタヨタ歩いていると、男性が助けてくれたりもする。しかし周囲にいる誰もが「自分で持てない荷物を持ってくるんじゃねぇよ」と思っていることを、肝《きも》に銘《めい》じておこう。

男性の素人の場合は、「気合い入りすぎ」の人が目につく。「L.L.ビーン」などのアウトドアショップで衣服一式を買い求め、やけにきっちりとコーディネートされたアウトドアウェアがちと恥ずかしかったり。さらに髪型だけは、普段会社に行く時のままなので、チェックのネルシャツから浮いていたり。

心配性の人の場合は、初秋のキャンプだというのに、南極で越冬できそうな防寒装備を揃《そろ》えている、という場合もある。が、素人をそんな厳寒の地に誘うわけがない。なにせ「ブーム」に乗っているだけなのだから、ブームが終った時のことを考えて、最初からあまりお金をかけすぎないようにしたい。

いずれにしても、たとえアウトドアライフの知識は何もなくとも、最初のうちは、ベテランの人が優しく指導してくれるはずである。彼等は「指導好き」という共通した特徴を持っているので、有り難く指導や好意は、受けておきたい。

が、それに甘えすぎてはいけないのである。最初、釣りのエサを針につけてくれたからといって、いつまでも、

「エサ、つけて下さーい」

と当然のように釣《つ》り竿《ざお》を差し出すような人は、アウトドア向きではない。

「二度目からは、自分でやる」

……これが、アウトドア初心者が覚えておくべき言葉であろう。

さらに、ブームなのでトライはしてみたが、「虫が嫌い」とか「寒いのはイヤ」といった理由でアウトドアライフを楽しめない人も、当然いるはずである。アウトドア好きの仲間の爽《さわ》やかな笑顔を横目に、〝アウトドアが楽しめない私は、もしかしたら心の汚れた人間なのでは？〟という不安に陥《おちい》る人も、いるかもしれない。

が、それは杞憂《きゆう》である。何事にも向き・不向きはあるもの。「自分には都会の生活が合っている」と割り切って、都会に引き返そう。引き返す勇気、というのも時には必要なのだから。

②食事作り

キャンプでの一番の楽しみは、何と言っても食事。グルメな男が一緒だったりすると、やれタンのスモークだの魚介のパエリアだのダッチオーブンでパンを焼くだのと面倒臭いことを言い出してやっかいであるが、初心者はバーベキューやカレー、焼きソバといったところが定番メニューである。

この時、その人がどんな役割を果たすかで、性格はおのずと見えてくるもの。男子の場合、火をおこすとか、肉を焼くといった華やかなところだけをやりたがる人というのは、見栄っぱりのクセに実は弱虫タイプ。火がうまくつけられないでいる時に他人が手を出そ

うとすると、

「やめろよ、消えちゃうだろッ！」

などと怒るし、ヘビが出てくると一番先に逃げようとする。

対して、カマドを作るための石を黙々と運んできたり、薪《まき》を運んできたりという地味な仕事ばかり担《にな》うのは、いい人であることが多い。ただし、責任を伴うような重大な任務にはつきたくないだけの、単なる現実逃避型の無責任男、という場合も無いではない。

女子の場合も同じこと。調理をするにしても、実際に火を前にして炒《いた》めるとか煮るとか味つけをするとか、華やかな役割を買って出るのは、女王様タイプ。

「A子ちゃん、意外と料理うまいんだね」

などと言われて、有頂天になっている。

対して、いつの間にかジャガイモの皮むきとか米を磨《と》ぐといった人目につきづらい仕事ばかりさせられているのは、侍女タイプの女性。彼女は、A子さんのように男子達に誉《ほ》められないばかりか、

「B子ちゃんは料理あんまりしないの？」

などと言われて〝てめえ、下ごしらえは誰がしたと思ってるんだ……〟とイラつくも、顔には絶対に出さないのであった。

しかしそんな侍女タイプのB子さんのことを、カマド作り&薪運びタイプの男子は密《ひそ》かに見初《みそ》めているのである。そう、お互いがお互いのつらさをわかっているから。これがアウトドアライフならではの、バランスの妙というものであろう。

気をつけなくてはならないのは、女王様タイプの方である。女王様タイプの女性は、バーベキューの時も、グニャグニャしたナマ肉を串《くし》に刺すといったことは「いやーん」などと言ってやらないクセに、串に刺すのが簡単なウィンナーは、進んでキュッキュと刺す。

そしていざ焼き始めると、

「A男くん、このお肉、もう焼けてるわよ」

とか、

「缶ビールは足りてる？　こっちに冷えてるのあるから言ってね」

などと急に甲斐甲斐《かいがい》しくなる。さらに、

「アタシ、ゴマだれも持ってきたのよ」

と突然言っては、

「おっ、さすがA子。気がきいてるねぇ」

などと言われ、ご満悦。

結果、

「ここまで来てホステスやってんじゃねぇよ」

「合コンの時だっていつもああやって一人で取り入ろうとするんだから」

と、同性から陰口を叩《たた》かれてしまう。

まだ合コンの時は、ほんの数時間の飲み会なので同性のイラつきも抑《おさ》えることができるが、アウトドアの場合は長時間である。自分は女王様タイプであるとの自覚を持つ人は、積極的に重い荷物を持つとか、皿を洗うなどして、同性の反感を買わないようにしたいものである。（ただし女王様タイプは、重いものを持つにしてもわざわざ異性の前で持ってしまいがち。そして「A子ちゃんって、働き者なんだね」などとまた言われて喜ぶ。いい加減にしろ、A子！）

③テントライフ
アウトドアライフの夜は、テントで暮れる。まずはテントを張るところから始まるのだが、料理作りとは違って、テント張りに関しては「男の仕事」という自覚があるらしい。まず、男子の中の力関係により、テント張りを誰が仕切るか、という暗黙の了解ができあがる。しかし、普段の生活においてリーダーシップをとる人が、テント張りも仕切ることができるかといえば、そうではない。テント張りなどアウトドア技術は、今の日本におい

ては特殊技能である。より多くアウトドアライフを経験している者が、その場の主《あるじ》となる。スキー場では、普段いくら格好よくてもスキーが下手《へた》だとモテないように、キャンプ場においても「テントが張れない男」の人気は急落するのである。

しかし、テント張りで主導権を握るような人、つまり「アウトドア経験が素人なりに豊富な人」というのは、えてして説教臭くなりがちなものである。〝オレはたくましい男！〟みたいなマッチョっぽい自意識がやたらとあるものだから、

「あっ、そのロープはもっと外側に張らなくちゃダメだよ。そうでないと風が吹いた時にすぐ倒れちゃうから。だいたいね、こんなテントはオレ一人でもだいたい十五分もあれば張れちゃうんだよね……」

と、うるさい。

彼は、誰も頼んでいないのにどこかから山菜状のものを摘《つ》んできておひたしを作ってしまう。みんながそのおひたしを食べてみると、エグくてとても食べられたものではないのだけれど、彼があまりにも自慢気にしているものだから「マズイ」とも言えず、黙々と嚥《えん》下《か》するしかないのであった。

その手の人に限って、

「荷物はなるべく少なくしろよな」

などと事前に言っておきながら、自分がアウトドア用グッズをたくさん持っているのをみんなに見せたくて、パーコレーターだの磁石だの双眼鏡だのたくさん持ってきて、結局一番荷物が多かったりするのである。

それはいいとして、テントの中。布一枚で外界から隔絶されている小さな空間の中にいると、妙に「仲間」感が強まるものである。そのムードにつられて、ついつい妙な打ち明け話をしてしまう人もいるが、それは後から〝言わなければよかった〟という後悔を必ずもたらすので、注意したい。

さらに現在のキャンプは昔のキャンプと違って、歌を歌うとかトランプをするとか、健全な方向にはあまり向かわない。仲間ムードをいいことにして王様ゲームをやってみたり、異性に何かしてやろうという気を起こす人も多い。しかしここはテントの中。布一枚でしか仕切られていないのである。アウトドアブームでキャンプ場も混んでいる今、周囲の状況にはじゅうぶん注意してから、その手のことは行ないたいものである。

大人数の場合は、

「ちょっとトイレに行ってくる」

とか、

「車に忘れものしちゃった」

といった理由をつけてテントを抜け出すカップルもいる。その場合、気をつけたいのは虫の類《たぐい》である。ここは渋谷ではないので、ちょっと抜け出してみたところですぐにラブホテルがあるわけではない。変なところを虫に刺されないよう、虫除けスプレーを一緒に持って出ることも忘れないようにしよう。

……というわけで。大人になるとあまり集団生活をしなくても済むせいか、ついつい小規模な集団生活とも言えるアウトドアではワガママになりがちのようです。秋はバーベキューやら芋煮会《いもにかい》やら、外での食事がおいしい季節。「自分がやりがちなこと」と「自分がやるべきこと」の区別をしっかりつけて、アウトドアライフを楽しみたいものですね！

昔の彼の結婚式二次会に行きますか？

——*wedding parties*

六月の花嫁は幸せになることができる、と言われているそうです。お葬式と比べて結婚式は、出席する側から言うと、何となく気分がラクです。ニコニコと嬉《うれ》しそうに、楽しそうにさえしていれば、よっぽどのヘマをしない限りは無難に終えることができるから。

しかし演劇においては、悲劇よりも喜劇の方がずっと難しいと言います。いかにも悲しそうな泣き顔よりも、いかにも嬉しそうな笑顔を作る方が、実はテクニックが必要となってくるのです。ということで、この項のテーマは「正しい結婚の祝い方」。

①結婚式に、何を着ていきますか？

結婚式に招待された女性にとって最も大きな問題は、「何を着ていくか」ということです。若いうちは、それでも何を着ていても若いというだけで華やかに見えるものです。特に振《ふ》り袖《そで》が着られる年齢の女性というのは、「結婚」という事態がまだ物珍しく、かつ「結婚」に対して大きな夢を持っています。他人の結婚式への出席も、物見遊山《ものみゆさん》気分。結婚式の招待状を受け取る度に、当たり前のように、ドレスだスーツだと新調する。

しかし振り袖年齢を過ぎると、「他人の結婚」に対する興奮は、次第に失《う》せてきます。「この服、前も着たからもう着られないわ」なんてことを言う人も減ってくる。女性達は既《すで》に、〝アタシが前の結婚式で何を着てたかなんて、だーれも気にしてないものなのだ〟ということに気づいてしまっているのです。

私見では、新婦が二十八〜九歳の時の結婚式が、最も「新婦友人」がダレているようです。女性の晩婚化が進む今、三十歳直前というのは結婚のピーク。一シーズンに何回も、披露宴に招《よ》ばれます。当然、二十代前半の時のような感激は、ない。

披露宴の「新婦友人」席には〝披露宴、飽きた〟というムードが漂い、表情も沈みがち。服装も、既に皆が「何回も着られる無難な服が一番」という結論を導き出しているため、黒ばかりで陰気なムード。「ああ、疲れた」などとつぶやきながら平気でタバコをふかす人もいて、オヤジの席と大差なし。

しかしそれでは、いけません。「新婦友人」の役割は場を華やかにすることとわきまえ、新婦のためにも、少しは気合いを入れて臨《のぞ》みたいものです。三十歳を過ぎれば、友人の披露宴に出席する機会もめっきり減るもの。楽しめるうちに、楽しんでおきましょう。

②スピーチで何を話しますか？〈上司編〉

結婚式のスピーチ、ことに職場関係や親の知り合い関係のスピーチと言えば、ありきたりで面白くないものと、相場は決まっています。しかし、時代は変わりました。昔は「ありきたり」が、今はそうではないこともたくさんある。「切れる」「別れる」は禁句と言いますが、今は新しいタイプの禁句がたくさんあることを、知っておいて損はありません。

・禁句1「嫁」

年配の方がついウッカリ口にしてしまいがちな言葉が、これ。今時《いまどき》の娘は、「私は○男さん個人と結婚するのであって、××家と結婚するのではありませんっ」ってなことを考えがち。自分は結婚式の間だけは「花嫁」だけれど、終了後も「嫁」と呼ばれなければならない理由は全くない、と思っています。「結婚」とは「嫁に行く」こと、などという発想を全く持っていない嫁が多い今、「いいお嫁さんをもらってよかったですね」的な言い方は、避けましょう。

・禁句2「家庭に入る」

結婚した後も働き続ける女性が大多数という現在。新郎の上司などがついうっかり、「新婦の○子さんも、いずれはご家庭に入られることと思いますが、しっかりと×男君をサポートして……」

などと言ってしまうと、新婦から思い切りガンを飛ばされてしまいます。ことに新婦が、職場において重要な戦力と考えられている場合は、新婦の上司がスピーチで、

「○子さん、新郎の上司はああおっしゃっていましたが、そう簡単に辞められては困ります。イヤ、絶対に辞めないでいただきたい！」

などと対抗して言い出し、新郎新婦の職場間で、険悪なムードが漂ってしまうこともあるのです。とりあえず、嘘《うそ》でもいいので新婦の職業を尊重する態度を示しておきましょう。

・禁句3「赤ちゃん」

昔の披露宴では、当然のように、

「早くお二人の可愛《かわい》い赤ちゃんが見たいです」

といった発言がなされていたものです。しかし今は、その手の発言も慎重にしなければなりません。今の若い娘は〝結婚後、しばらくは二人だけで過ごしたい〟という考えを持

っている人が多いもの。「しばらく子作りはしない」と夫に約束させて結婚する人もいるくらいです。そんな時、「早く赤ちゃんを」的なスピーチが相次ぐと、新婦の気持ちは完全に白《しら》けてしまいます。少しは〝もし妊娠しちゃったらしょうがないか〟といった気持ちを持っていたとしても、押しつけがましいスピーチのせいで〝意地でも完璧《かんぺき》に避妊してやるッ！〟と、頑《かたく》なな気分になってしまう。「早く子供を産め」的な発言は、少子化に拍車をかけることにもなりかねません。

……というわけで様々なタイプの女性がいる今、「女は家を守るもの」という考えに基づいた発言は、要注意です。もちろん、地方によって、また家庭によって事情は違うでしょうが、お目出度《めでた》い席で荒波をたてないためには、配慮が必要。披露宴で荒波がたたなくとも、この先いずれは出てきてしまう問題なのですから……。

③スピーチで何を話しますか？〈友人編〉

勤め先関係、親の知り合い関係といった「大人のスピーチ」が終ると、最後は友人代表のスピーチです。これは披露宴唯一の余興タイムですから、マナーに気をつけつつも、客を楽しませなければなりません。

この時、新郎側の友人と新婦側の友人の役割は、明確に色分けされています。新郎側に求められているものは、「笑い」。学生時代の失敗談、ちょっとした暴露話などで客席のウケをとるのが彼等の任務です。

対して新婦側の友人に求められるものは、「涙」です。若い娘の涙というのは、大きな力を持っています。その場が混乱していても娘っこが泣くと何となく収まってしまったり、なぜか感動が高まったり。披露宴においても、新婦が二十代前半だと、〝こんなに若くして、「結婚」という未知の世界に旅立っていくのね!〟という気負いのようなものを、新婦本人も友人達も持っているものです。だから、「○子、おめでとう。幸せになってね!」という言葉だけで、すぐ泣く。

対して涙率が低いのは、やはり三十歳直前の新婦です。花嫁は、友人知人の結婚生活を既に知ってしまっているので、「未来へ船出!」的な興奮状態にはない。また友人達も、この歳《とし》になるとスピーチ慣れしてしまって、なかなか感極まらない。

この年代の新婦友人がやりがちな間違いは、「まるで新郎友人のようなスピーチになってしまう」ということです。結婚式慣れ、スピーチ慣れしているので、友人の心の中には〝ウケをとりたい〟〝一発アテたい〟といった欲求が湧《わ》くことがあります。その気持ちを抑《おさ》えきれず、新婦にとってはギャグでは済まされない過去の泥酔ネタ、もしくは異性ネタの暴露話をしてしまう人がいる。最後に披露宴をシーンとさせないためには、〝バラしてやりてぇ〟と思っても、グッと自粛したいものです。

反対に、まるで新婦友人のような芸風の新郎友人も、います。スピーチを避けて、いきなり歌を歌ってしまう。それも、ビブラート系Jポップラブバラード。新郎まで歌の輪に加わり、最後にうっすら涙ぐんでいる。「それは花嫁の役目だろうが」と言いたくなりますが、昔の男ネタをバラされても、イッキ飲みをガンガンこなして余裕の表情をしている新婦と、バラード歌って涙ぐんでいる新郎というのは、それはそれで似合いのカップルなのかもしれません。

④昔の彼の結婚式二次会に行きますか？

今の若い娘は、自由です。初めて付き合った人と結婚する人など、滅多《めった》にいない。付き合いのレベルは色々あれど、数人から数十人の男性と付き合ってから結婚するのが、今。となると当然、前に付き合っていた男性が自分より先に結婚する、という事態に立ち会う機会も出てくるわけです。前の彼がかつての同級生や職場の仲間だったりすると、さすがに披露宴には呼ばれなくとも、二次会の招待状が舞い込むことも珍しくはありません。

そんな時、女性の考えは二つに分かれます。

「どんな女と結婚するか、見てみたいっ。それでもって、『おめでとう』なんて言うついでに近寄って、新郎と私にしかわからない会話を交わしてみたいっ」

と、なぜか燃える人。そして、

「のぞいてみたいのはやまやまなんだけれど、周囲の人に〝あの子ったらまだ未練があるのかしら？〟なんて思われないかしら？」

と、弱気になる人。

どちらでも構わないのですが、とにかく「元彼女」として二次会に出席するのであれば、前者の考えを実行に移さない方がいいとだけは言えましょう。新婦というのは、夫の過去の異性関係を意外によく知っているもの。〝どうせ新婦は私のことを知らないだろう〟と新郎に寄っていき、くだけた口調で話していると、新婦の奥歯がキリキリと鳴る音が聞こえたりする。もしくは新婦の方が一枚上手《うわて》で、

「あっ、すごく仕事がおできになる方なんですってね！　お噂《うわさ》はかねがね……」

などと、暗に『仕事のやりすぎで結婚しそこねている女』と言われて打ちのめされてしまうことも、ある。

新郎の友人達と親しくしすぎるのも、考えものです。元彼女としては、〝アタシは○男さんのお友達とだってこーんなに親しいのよ〟てなことを新婦に見せつけるつもりの行為だとしても、新郎の友人からは、

「あいつ、よく図々《ずうずう》しくこんな場所に顔を出せるよなァ……」

と陰口を叩《たた》かれる可能性がある。

また女性は、自分の元彼が自分よりも明らかに美しい人と結婚すると納得するのですが、自分よりシケていると思われる人が相手だと、イラつくものです。しかし、だからといって暴言を吐いてはいけません。

「○男もさぁ、モデルと付き合ってるだの何だのって大きいこと言っておきながら、結局手堅くまとまったよねぇ、相手は会社のバイトでしょ？　めちゃくちゃ地味じゃん」

などと口走ってしまうと、「元彼女」の発言であるだけに、刺々《トゲトゲ》しくなる。

〝昔の男がどんな女と結婚したか確かめたい〟という気持ちは誰にでもあるとは思います。しかし、やはり「元彼女」の存在は、祝いの席では微妙なのです。出席するなら、目立たずに。平穏な気持ちで過ごしたいのなら、

「彼もやっと幸せになってくれて、よかったよかった」

と、慈母のように思いつつ欠席する、という方がいいのかもしれません。

……ということで、時代も変わり、結婚も変わりました。一つの結婚の裏には色々な事情があるということを理解した上で、お祝いに馳《は》せ参じたいものですね！

弔いの席でキメすぎていませんか?

——funerals

訃報《ふほう》は、いつも突然やってきます。何カ月も前からスケジュール帳に書き込んで、準備を万端に整えることができないのが、葬儀というイベントなのです。基本的な葬儀のマナーは誰もが身につけているものの、ふと気がゆるんだ時、それがあくまで付け焼刃である、ということがバレてしまいがち。そこで今回は、いざという時になってあわてないための、弔いのマナーを考えてみたいと思います。

①弔いのファッション

葬儀には喪服。許されるアクセサリーは真珠。これらはよく知られていることであり、このルールに違反する人はまずいません。

意外と見落としやすいのは、髪型です。特に男女とも気をつけたいのは、茶髪《ちゃぱつ》。真っ黒な喪服を着ると、茶髪は実に目立ちます。ほんのりと栗毛色《くりげいろ》に染めているだけでも、服が黒いから〝あ、この人って染めてる〟とわかってしまう。やっかいなことに、結んだり留めたりすると、茶髪はいっそう、際立ちます。「ナチュラルな感じになるように」と、少しずつ帯状に染めていても、その帯具合が一際鮮やかに浮き上がってしまう。

喪服をバックにすると、どんなにうまく染めた茶髪も、非常に人工的に見えるものです。

通夜会場のライトに照らされた茶髪は、まるでリカちゃん人形の髪のよう。

今風の若い男性の茶髪も、注意したいものです。故人の孫らしき男子高校生が、黒い詰め襟姿で葬儀会場に立っているのを見るのは実に清々《すがすが》しいものですが、これが茶髪のロンゲだったりすると一気に雰囲気は盛り下がる。〝きっとあの男の子、「おじいちゃんの葬式なんだから黒く染めてきなさい！」とか親に言われたのに拒否してるんだろうなぁ〟と、参列者の想像はふくらみます。

しかし、茶髪が常に葬儀のムードを打ち壊すわけではありません。たとえば火葬場などで、一族のほとんどが茶髪、というファミリーに出会うことがあります。お母さんらしき中年女性は茶髪というより赤い髪で、肌には生気がなく、唇の色が悪い。その娘らしき若い女性も当然茶髪で、やたらと痩《や》せていて化粧が濃い。とても若く見えるのに赤ちゃんを抱いているところを見ると、ヤンママってやつでしょう。その夫らしき人物ももちろん茶髪で、喪服は着ているもののネクタイはユルく、歩き方がガニマタ……。

この手の一家において茶髪は、悲しみを演出するための道具となります。

「飲んだくれてばっかりいるからこんなことになるんだよ！　とうちゃんはバカだ！」

といった、はすっぱで熱い悲しみを表現するには、ボサボサの傷んだ茶髪が欠かせないアイテムなのです。

そう、葬儀というのは悲しみの場。あまりキメすぎたファッションだと、〝こいつ、本当に悲しんでるのか？〟と思われてしまいがちです。美容院でセットしたての髪型、高級そうな喪服、プラダの細いかかとの黒い靴といった出《い》で立《た》ちの女性などを見ると、

「はいはいはい、アンタが葬式の時でもおざなりな格好はしないシャレ者だっていうのはよーくわかりましたよ。でもこの期《ご》に及んで見せびらかしてんじゃねェよ」

と、つい言いたくなってしまう。

特に葬儀では、靴を脱ぐ可能性があります。たくさんの黒い靴の中に、いかにも、のブランド靴が混じっているのは少し恥ずかしいもの。寺の玉砂利《たまじゃり》の上を歩いて大切な靴のヒールに傷がつく可能性もあるので、葬式の時はそれほど高級ではない靴にした方が、よい

でしょう。

そう、葬式において大切なのは、「私は悲しい」という雰囲気を押し出すことです。そのためには、キメすぎてはいけません。一分のスキもない葬式ファッションは、生きる者のエゴしか醸《かも》し出しません。袖《そで》からババシャツがのぞいていたり、黒いストッキングが伝線していたりと、少しの貧乏臭さと少しのヌケた感じがあって初めて、「儀礼ではなく本当に悲しみにひたっている私」という感じがするものです。あえてやろうと思ってもなかなかできない上級テクではありますが。

しかし、いくらヌケた感じといっても、フケには注意しましょう。喪服着用時は、普段の生活よりもずっと、肩に落ちたフケが目立ちます。フケ性の人は葬儀の前日、普段よりも念入りに、フケ用シャンプーで洗髪した方がいいみたいですね！

②弔いのルール

着ていくものが決まったら、いよいよ会場へ向かいます。冬期の場合、寺や斎場といった場所は特に冷えます。尿道の短さを自認する人は、水分は控えめにしておきましょう。

会場で、悲しみにくれる親族に会いました。この時私達は、何と言っていいのかわからなくなってしまいます。久しぶりに会う友人の親御さんが亡くなったといっても、その友人に対して「元気？」などと聞くわけにはいかない。

この時、うまく「大変だったわねぇ。優しいお母さまだったのに……。あまり力を落とさないでね」と、ソツない対応ができるなら、いいのです。しかしテレもあってつい口ごもってしまう人は、無理して話す必要はありません。求められるのは、ひたすら沈鬱《ちんうつ》な表情。眉間《みけん》に軽くシワを寄せた顔で、

「このたびは……」

とか、

「本当に……」

と、最初の言葉だけを口に出してあとは語尾を濁せば、もう立派な葬式の挨拶《あいさつ》です。

焼香の順番がやってきました。この時もポイントとなってくるのは、沈鬱な表情です。ご遺族に向かって礼をする時は、なるべくゆっくりと礼をし、「アタシはちゃんと来ています！」と、アピール。

密葬の時など、細長い普通のお線香を捧《あ》げる場合も、あります。この時に問題となってくるのは、どうやって線香についた火を消すか、ということ。息を吹き掛けて消すのではなく、手であおいで消すのが上品な消し方なのだそうです。が、あの消し方は難しい。

「後ろの人も待っているし、早くしなくては」とアセればアセるほど、手であおいでも風

がいかなくなり、パニックとなります。

そこでお薦《すす》めなのは、手であおいでいるフリをしながら口で吹く、というもの。この時、いかにも息を吹いていますという風に口を尖《とが》らせては、吹いていることがバレてしまいます。フルート奏者のように口を微妙にゆがめ、火のついた線香の先端に、鋭く細い風が当たるように、吹く。これで、いつまでたっても線香の火が消えないという悩みからは、おさらばです。

最近は珍しくなりましたが、時には正座をしなくてはならない葬儀もあります。すると当然、足がシビレます。焼香に立とうと思ったらシビレのためもつれて転倒、会場が泣き笑いに包まれる……といった光景も、珍しくありません。

シビレ対策は、まずどこに座るかを選ぶところから始まります。好ましいのは、なるべく座高が高く、体格の良い人の後ろの位置です。足がシビレないようにするには、頻繁に足やお尻《しり》の位置を変えなくてはなりませんが、目立つ場所に座っているとつい躊躇《ちゅうちょ》してしまうもの。体格の良い人の陰に隠れていれば、安心してモゾモゾ動くことができるのです。

そんな努力も虚《むな》しく、シビレてしまったら、やせ我慢はしないことです。「シビレちゃった、アイテテ……」などと小声でつぶやけば、周囲の人も「私も」「つらいっスよね」

などと苦痛を漏らすもの。苦しいのは私一人ではない、と勇気づけられるはずです。

③お清めの掟

通夜が終ったら、別室にて少しでも飲食をする、というのが死者に対する供養となるそうです。このお清めの席というのも、遺族以外の人間にとっては、何とも居づらいもの。まず、何を話していいのか、わからない。友達の親御さんの葬儀だと、かつての同級生達がたくさん集まって、ミニ同窓会の様相を呈するものです。しかし、

「あっ、○○ちゃん、元気ィ？」

「うっそー、久しぶり！　結婚したんだって？」

などと感情のおもむくままにおしゃべりしていると、会場で浮きまくります。お清めの会場ではグッと我慢して、ボソボソと近況を報告し合うのが妥当な線でしょう。

死者がじゅうぶん長生きをした人で幸せなポックリ死、まさに大往生という場合は、多少は賑《にぎ》やかにしても良いようです。私の知人は、おじいさんが亡くなった時、「賑やかなことが好きだったから」と、告別式のあと精進落《しょうじんお》としのかわりに、焼きたての遺骨が入った骨壺《こつつぼ》を小脇《こわき》に抱え、一族でカラオケに繰り出したとのこと。変にジメッとしたお清めをされるより、故人も嬉《うれ》しかったのではないでしょうか。

お清めの場で、何をどう食べるかというのも難しい問題です。お清めといえば、出前の寿司と乾きもの、といったところが定番メニュー。知らない人と大きな寿司桶《おけ》をはさんで差し向かいに座らなければならなかったりして、とても食欲旺盛《おうせい》、というわけにはいきません。

この席では、誰もが遠慮がちです。寿司を食べたとしても、カッパ巻きを一つくらい。結果、ウニやイクラといった高級軍艦巻き系列が不自然に残ってしまい、余計に手が出しにくい、ということになります。

しかしお清めに出席したからには、最低三つは寿司を口にしたいものです。内訳は、海《の》苔《り》巻き一個、マグロ赤身もしくはタコ、タマゴといった低価格系の握り一個、そしてウニもしくはイクラ一個という風にして、寿司桶からバランス良く寿司が消えるようにしましょう。たとえ赤身の表面が乾いていても、気にせず食べるのが葬儀のマナーです。「誰もお寿司に手をつけないわねぇ」などと、遺族に余計な気遣いをさせないよう、心を配りたいものですね。

最近、とあるお宅で行なわれた通夜では、家に板前さんを呼んで、お清め用の料理を作ってもらっていました。煮物やらおひたしやらがやたらとおいしかったため、誰も遠慮する人がいなかった。パクパクと食事しながら故人の思い出を語り合うことができたのです。

この手の「グルメなお清め」も、これからは流行するのかもしれません。

……というわけで、人は簡単には死ぬことができません。もしかすると葬式の場において一番気楽なのは、死者本人かもしれません。自分だけのためのイベントに人がたくさん集まっている様を上の方から眺め、「あっ、あんな人まで来てくれた」「わっ、こんなにたくさん香典もらっちゃって。生きてるうちにつかいたかったなぁ」なんて思うのは、さぞや楽しいことでしょう。

私自身としては、だから生きている者のためだけに存在する葬式のマナーなど、本当はどうでもいいことなのだと思うのです。マニキュアを塗ったままであろうと、死んでしまった人に対する冥福《めいふく》を祈る気持ちさえあれば、それで十分だと思うから。

さぁ、私の葬式はどんなものになるか。恐いような、楽しみのような、今からちょっと複雑な気分です。

定年退職者に何を贈りますか？

――retirement-agers

三月は、日本人にとってちょっと切ない季節です。四月の年度始めを控えて、数々の「別れ」が街にあふれるのです。

会社員生活においては、大きく分けて三種類の別れが存在します。すなわち「栄転」と「左遷」、そして「退職」です。去る人の心はとてもデリケートですから、送る側としては三者それぞれに対して、きめ細かな対応をとらなければなりません。今回は送る側と送られる側、それぞれの正しい態度を考えてみたいと思います。

〈栄転〉

辞令を見て、誰もが「これは栄転だ」と納得できる異動というのは、そう多くはありません。現在のポストと異動後のポストを会社中の人が心の中で天秤《てんびん》にかけ、〝これって……出世と言えるのだろうか？　あの人には何て声をかけたらいいのだろうか？〟と判断に心を悩ませるのです。

当然のことながら周囲の者は、本人の前でそんな態度を示してはいけません。本人に聞こえるような場所で、

「あの人って栄転？　左遷？」

なんて言い合うのもタブーです。「疑わしきは、栄転」と思うのが、正解。本社で花形部署の課長だった人が、地方の小さな営業所長になった、という感じの微妙な異動の時も、送別会における乾杯の発声は、

「ご栄転、おめでとうございます！」

でなくてはならないのです。

「同期の中で部長昇進一番のり」といった、わかりやすい栄転の場合は、周囲の者も非常に気が楽です。「おめでとうございますぅ！」などと、ひたすら称賛の言葉を贈ればいいのですから。

しかし昇進した本人は、実は気苦労が絶えません。同じ部署には、自分よりずっと年上なのにまだ自分より低いポストの人がいる。同期の中でも自分だけが出世。それらの人々の心に妙な刺激は与えたくないのです。部下のOLから、

「○○さん、もう部長だなんてマジですごいですねっ！」

などと言われても、誇らしげな顔などせずに、

「いやいや……」

などと、ボソボソとお茶を濁さねばならないのでした。


〈左遷〉

栄転の辞令を受けた人よりもよっぽど元気がいいのが、「ちょっと左遷気味」の人です。明らかな左遷というわけでもないが、まぁあのポストだったらもうこれ以上の出世はないな、と思わせる異動が、会社においてはよくあるものです。その場合、本人は〝ここで俺が落ち込んでいたら、周囲の者に「やっぱりあれは左遷だ」という確信を与えてしまう。そうしたら周囲の者も気を遣うだろうし、憐《あわ》れまれるのもイヤだ。ここは俺が元気を出さなくては！〟と決意する。

実は周囲の者としては、そのカラ元気ぶりにちょっと痛々しさを感じたりもするのです

が、同情などかけらもしてはなりません。

慰めるつもりの発言にも、注意が必要です。少しでも元気づけようと、

「いやぁ、○○さんはスキーが上手《うま》いから、北海道の支店は合ってるんじゃないですか？」

と言ったとしても、本人は〃どうせ俺はスキーくらいしか能がないよな……〃などと、深く心を傷つけているかもしれない。また、

「いいなぁ、アタシも北海道行きたいなぁ」

といった発言も禁物です。笑顔で、

「あっはっは、じゃあ遊びに来なよ」

と答えてくれたとしても、内心〃そんなに行きたいならてめぇが転勤しろよ〃と怒りに燃えている可能性、大。とにかく不本意な異動をする人は下手《へた》に慰めようとせず、ひたすら本人の話を聞くという姿勢が大切です。

左遷がかっている人の送別会は、多少の気配りが必要です。栄転か左遷かギリギリのラインの人に対しては、

「ご栄転、おめでとうございます！」

でいいことは前述しました。彼はおそらく、

「いやぁ、ぜんぜん栄転なんかじゃないよ……」

と言いつつも、〝これは考えようによっては栄転なのだ！〟と無理にでも信じ込みつつ、ビールを飲み干すことでしょう。

しかし明らかな左遷、という人に対して、

「ご栄転、おめでとうございます！」

とやると、「イヤミかてめぇ」ということになってしまいます。そんな時は、なるべく声が大きくて明るい人に司会を任せましょう。そして、

「ドーモドーモ、お疲れ様でしたーッ！」

といった感じの、どうとでもとれる乾杯の発声をやってもらうのです。

送別会を明るいムードに保っていないと、送られる人の気持ちが落ち込んでしまいます。するとお酒の力も加わって、

「いやぁ、ぼかぁねぇ、ハッキリ言ってこの部署はキライだったね。○○君はノロマだし××君は言ってることとやってることがいつも違うし……」

などと、最後の最後に鬱積《うっせき》した不満をブチまけることがある。後味の悪い別れにしないためにも、友好ムードのキープを念頭において、会を進行させたいものです。

〈退職〉

退職と言っても、寿退職から定年退職まで色々とありますが、ここでは最も送別の仕方が難しいと言われる定年退職を、取り上げてみたいと思います。

定年退職には、やはりどうしても寂寥感《せきりょうかん》がつきまとうものです。よっぽど出世した人であれば、定年後も顧問とか別会社の社長といった地位で残ることもありますが、ほとんどの人は何十年も通い続けた会社を去ることになるのです。

「定年後離婚」とか「濡《ぬ》れ落葉《おちば》族」といった、定年後の男性を襲う暗い影の存在が最近はよく知られています。そのせいか、定年を迎える人は、既《すで》にその二、三年前から、定年、さらには定年後の生活に対しての準備を整えなくてはという強迫観念に捉《とら》われ、それがまたつらいようです。

会社という組織の中では、

「あの人、あと少しで定年だよね」

と誰かがささやくと、急にその人は「アガリ」扱いされてしまうようなところがあります。そんな時、最近の人は無理に、

「俺はまだ現役なんだーッ」

と主張することなく、

「いやぁ、僕なんかもうおじいさんだから」

と、流れに従うのです。それはちょうど「おじさん」と呼ばれ始めた年頃の男性が若ぶろうとせず、

「僕なんかもうおじさんだから」

と必要以上に主張する心理と似ているかもしれません。

定年を控えた人は、多くの場合「自分は趣味人である」ということをそれとなくアピールします。それは、残される現役社員に対する思いやりでもあります。

「カメラが趣味でねぇ。日曜日ごとにいろんな所に出掛けて写真を撮ってるんだ。いやぁ、退職したら毎日写真を撮りに行けるかと思うともう嬉《うれ》しくってねぇ」

といった発言を、ことあるごとにしておくと、周囲の人間は〝そうか、あの人は退職しても充実したシニアライフを送られるに違いない〟と思うことができるから。

さらに、

「料理好きが高じてねぇ。退職後は小さなレストランをやろうかと思ってるんだ」

という、ＴＶドラマ「渡る世間は鬼ばかり」における岡倉大吉《おかくらだいきち》ばりの人や、

「いやぁ、無理だとはわかっているんだけど、退職したらシニアのプロゴルファーのテストを受けてみようかと思ってるんだよ」

といった意外な目標を持つ人は、たとえその人が仕事上では華やかな業績を誇るタイプではなかったとしても、急に尊敬の眼差《まなざ》しを集めたりもします。五十代半ばになって、出世への未練を持ち続けるか。趣味の世界へ方向転換するか。それによって心の平安は、決まってくるようです。

さて、いよいよ定年のその時が近づいてきました。定年退職者を送る送別会は、どのような形がよいのでしょうか。本人の好みにもよりますが、やはりあまりコッテリとしたフレンチは避けたいものです。座敷のある和食系の店、といったところが一般的でしょう。

「別れの三点セット」、つまり記念品、花束、そして寄せ書きの色紙も、忘れてはなりません。中でも記念品は、気持ちを込めて選びたいものです。とかくこの手の記念品というのは、日々の業務の忙しさに流されて、送別会当日の昼間、部署内の若いＯＬに、

「ちょっと適当にデパートで何か買ってきて」

などと頼んでしまうケースが多いものです。しかし贈る側は〝マ、何でもいいか〟と思っていても、受け取る側にとっては本当にそれが最後の、記念の品。定年退職者の心理を理解していない若いＯＬが、世の中で最も使用頻度が少ない贈り物と言われている「出張用ネクタイケース」などを買ってきてしまい、退職者を〝もうネクタイが必要な旅なんてしないんだよな、俺……〟といった寂しい気持ちにさせてしまうこともありえます。こ

こは部署内で最もしっかり者の三十代女性に、品物選びを託したいものです。

花束は、あまり大ぶりのものにしてはなりません。ソテツだのカサブランカだのが入った大きな花束は、見かけは派手ですが持ちにくいのです。「バカラのグラス」とか「益子《まし こ》焼《やき》の花瓶」など、記念品にはとかく重い物や割れ物が選ばれやすいもの。電車で帰宅することを考えると、片手で楽に持つことができる花束にするべきでしょう。最後に電車のホームで一人ぽっちになった時、大きすぎる花束は退職者の寂しさをさらにかきたてる道具になりかねないことも、覚えておきましょう。

寄せ書きは、おっくうがってはいけません。書く身になってみると、実は何を書いていいのかわからなくなることもしばしばですが、寄せ書きをもらうのはとても嬉しいことなのです。送別会の翌日、改めて読み返してみて、意外な人が意外な優しい言葉、美しい言葉を贈ってくれたりするのを発見して、ちょっと涙してみたり。ここは泣かせるつもりで、なるべくたくさんの在職者のメッセージを集めたいものです。

最近は、定年退職者から、現役社員へ贈り物をするケースも、目立っています。高価なものでなくとも、「今までお世話になったね」という言葉とともに現役社員に渡されるプレゼントは感動を呼び、〝いい人だった……〟という印象を残すのでした。退職者も、退職時における自己演出が必要な時代と言えましょう。

そんなこんなで、無事に定年退職者が会社を去ったとします。若者は残酷なので、退職した途端にその人のことを忘れてしまいます。しかし定年退職者は、退職した直後が最も寂しいのです。会社のゴルフコンペにマメに誘ったり、年賀状を忘れずに出したりという心遣いをしたいものです。

年賀状の返事には、「家内と二人で全国の温泉巡りを計画しています。また病院でのボランティア、孫の世話などで現役時代以上に忙しい日々を送っており……」などと美しい文字で書かれた横に、手製の版画が刷ってあることでしょう。本当は暇で死にそうなのに、虚勢を張って〝忙しい日々〟などと書いているのかもしれません。しかしまだ現役の世界に居る者としては、そんなことを想像してはいけない。〝ああ、幸せな生活を送ってらっしゃるのだな……〟と素直に手紙の文面を信じるのが、後輩としての礼儀と言えましょう。

定年なんて自分には関係ない、と思っている人にも、いつかリタイアする時がきます。その時のことを考えたら、「送られる側の身になって、送る」。これが会社における別れの、最も重要なポイントなのかもしれません。

世渡り作法〈その二〉…………エリア篇

深夜のコンビニに立ち寄りますか？

——*convenience store*

コンビニでバイトをしている人に聞いた話。レジで、商品についたバーコードを上にして品物を台におくお客さんがいると、彼等は〝あっ、この人はコンビニでバイトした経験があるのだな〟ということがわかり、心が通じ合ったようで、何となく嬉《うれ》しくなるのだそうです。

そう、バーコードを上にしてあれば、レジが打ちやすく、素早く客をさばくことができる。コンビニバイト経験者は、その辺がわかっているのですね。コンビニでバイトした経験は無いのだけれど、その話を聞いてから、ついレジではバーコードを上にしてしまう私です。

コンビニには、色々な人がやってきます。以前、あるコンビニでレジに並んでいたところ、大声で何か叫びながら、酔っ払いが入ってきました。コンビニ中が一瞬、緊張に包まれたのですが、レジを打っていた中年女生は、非常に落ち着いて、優しく諭すようにその酔っ払いをなだめ、店外に連れ出したのです。

その姿を見て以来、私はコンビニの店員さんに対する尊敬を深めました。そして私の中の「一度はやってみたい職業リスト」の中に、「コンビニのバイト」が入るようになったのですが。

コンビニは、非常に手軽で便利なお店です。しかしその手軽さと便利さを守るためにこそ、必要なマナーもあるのです。果たしてこれがマナーと言えるかはわかりませんが、コンビニにおいて不文律ともなっているキーワード。それは、「無言」ということではないでしょうか。

コンビニは、なぜ気軽に利用できるのか。家のそばにあるとか二十四時間開いているといった理由もありますが、最低限のコミュニケーションで買物ができるという点が最も大きな魅力でしょう。レジに品物を出し、指示された金額さえ支払えば、ほとんど無言で買物を終えることができるのですから。

無言の買物を支えているのは、アルバイトの店員達です。元々が酒屋さんだったようなコンビニでは、その元酒屋夫婦は地元の人と顔馴染《かおなじ》みだったりもしますが、若いバイト店員達は、一時的な雇用者でしかありません。その店や地域に親しまれたり根付いたりする必要性を全く感じていないのです。だから、必要以上に客とコミュニケーションをとろうとしない。その辺が、客にとっては実に心地よいのです。

たまに意識の高いバイト店員がいて、客の目を見て元気よく挨拶《あいさつ》などをしているケースもありますが、その手の店員はあまり客から有り難がられません。なぜならコンビニに来る客というのは、多かれ少なかれ、心にちょっとした罪悪感を抱えているから。誰も、コンビニでいつも挨拶されるような「顧客」になどなりたくないのです。

たとえば、お昼をコンビニのおにぎりで済ませてしまおうとしている主婦。避妊具を買いにきた若い男の子。ヌード雑誌を立ち読みする中年男性。ダイエットしているのに夜中にどうしても我慢しきれずスナック菓子を買いにきてしまった女の子……。

コンビニのバイトくん達は、客それぞれが抱えている罪悪感を、元気に挨拶などして刺激してはなりません。気怠《けだる》く、でも少しおどおどしながら、鮭《しゃけ》マヨネーズとこんぶのおにぎりをレジに差し出す主婦が来たら、なるべく愛想なく、機械的な動作でレジを打って会計を済ませるのが、コンビニ店員達のとるべき態度というもの。

そう、人間っぽさを極力感じさせないような人こそが、理想のコンビニ店員なのです。制服を着用し、誰とも顔見知りにならず、マニュアル通りに行動する。そして、たとえ毎

日インスタントラーメンを買う浪人生がいたとしても、街のお惣菜屋《そうざいや》さんのおばさんのように、

「そんなものばかり食べているようじゃ、栄養がかたよっちゃうだろっ。ホーレンソウのおひたしくらい食べなさい」

などと口を挟まない。肥満児がコーラとチョコレートをレジに持っていっても、町のお菓子屋さんのおじさんのように、

「コーラみたいな甘ったるいモンばっか飲んでっから太っちまうんだ。たまには牛乳も飲みな！」

とも言わない。人間が誰しも持っている弱い部分、恥ずかしい部分を、無言で優しくくるんであげるのが、コンビニ店員達の役目であると言えましょう。

もちろん、客側においても同じような心構えが必要となってきます。たとえ近所の家の娘さんがバイトしていたとしても、

「あ〜らヒロミちゃん、ここでバイトしてるのぉ？　頑張ってるわねー。今、高三だったっけ？　進路はどうするの？」

などと声をかけるのは禁物。バイトしている若者も、もしかしたら〝コンビニで働いているところを近所の人に見られちゃったら恥ずかしいな……〟と思っているのかもしれ

ないのです。

客同士でも、余計なコミュニケーションは無用です。ボサボサの髪の毛にパジャマという出《い》で立《た》ちの女性がおでんを買っていたとしても、ジロジロ見てはいけない。また、お年寄りがお弁当を一つだけレジに差し出しても、〝可哀相《かわいそう》に、一人暮らしなのかしら〟という表情をしてはいけない。コンビニにおいては、「世の中には色々な人がいる。他人のことには口出ししない」ということを、理解しなければなりません。

商店街の個人商店では、顔見知りの主婦同士が、食料品を買いながら、

「あら奥さん、今夜はどうするの？」

「今日ウチの人が出張だからさ、残りのごはんにコロッケ買って済ませちゃおうかと思って」

「ウチは今日は息子夫婦が来るっていうから鍋《なべ》にでもしようかと思ってさぁ」

「あら賑《にぎ》やかでいいわネー」

といった会話を繰り広げます。そして店の人も、

「鍋にするんならさ、このヒラタケっていうの、おいしいよ」

などと会話に乗ってくる。

それは確かに温かいコミュニケーションではありましたが、ヒラタケを断るのが面倒だ

ったり、あとから、

「あそこんちの息子夫婦って離婚しそうだって噂《うわさ》だったけど、ヨリが戻ったのかしらねぇ」

といった余計な噂にさらされなければならないリスクもあったのです。

しかしコンビニでは、そういった面倒な因果関係が一切生まれる心配がありません。深夜の三時に若い女の子が立ち読みをしていようと、不審な目で見る人はいない。とあるコンビニでは、「若い女性が深夜でも一人で入りやすいように」と、エッチ系の雑誌を置かないようにという努力すらなされているのです。

コンビニとは、現代の人にとってはある種のオアシス、休戦地帯のようなものです。早朝だろうが深夜だろうが、いつ行ってもコンビニには電気が煌々《こうこう》と輝いており、同じように低テンションの若者が働いており、ティッシュペーパーでもウーロン茶でも、買うことができる。そしてコンビニで買物をする人達はそれぞれ胸にイチモツ持っていそうだったり、なぜか虚脱したように雑誌棚の前に立ちつくしていたり。たとえ自分が何か悩みを抱えていたとしても、コンビニに行けば、〝ああ、悩んでいるのは私だけではないのだ〟という気持ちになることができる。

そしてコンビニにおいては、たとえその店が都会の真ん中にあっても、またお客さんがいっぱいいたとしても、完全な孤独を味わうことができるのです。仕事の人間関係に疲れきっていても、一歩コンビニに入ればそこは完璧《かんぺき》に「他人に対する無関心」な空間が広がっています。

しばしば、店員さんが全員奥に入っていて、何度も大声で呼ばないとレジまで来てくれないこともあります。が、そんな無気力な態度すら、

「お客さま、何になさいます？」

としつこくつきまとわれるよりは、ずっと心地よく感じられるのでした。

そんな心安らぐコンビニから一歩外に出る時、私達はちょっと不安な気持ちになるものです。守られていたコンビニという世界から外に出れば、イヤなこと、大変なことが渦巻いている。コンビニで温めてもらったお弁当を片手に持っている姿を近所の人に見られて、

「あそこの奥さん、コンビニのお弁当なんか食べてるのね」

などと思われてしまうかもしれない。コンビニから出る瞬間というのは、赤ん坊が母の胎内から人間社会へと出ていく時のようなものなのです。

深夜に家に帰る前、必ずコンビニに寄らないと落ち着かないという人は少なくありません。夜の街にぼうっと明るく浮かぶコンビニは、都会で暮らす人々にとっては、母の胎内と同じように、もう一つの故郷と言っても良い存在となっているのかもしれません。

渋谷の若者と、目が合わせられますか？
――Shibuya

渋谷という街が、苦手です。なぜ苦手なのか。と考えてみると、一番の理由は駅前の、あのスクランブル交差点にあることがわかります。

私は電車で移動することが多いので、行動の基点は、常に駅。しかし渋谷駅のハチ公口の目の前には、あの、暴力的なまでに人が多く、そして天安門《てんあんもん》広場のように広大な、スクランブル交差点が存在する。私は家にいる時点から、〝ああ、渋谷へ行ったら、あの交差点を渡らなくてはならないのか……〟と思うだけで、気が重くなるのです。

ずっとそんな風に思っていたわけでは、ありません。私も高校生の頃は、渋谷が大好きだった。学校帰り、井《い》の頭《かしら》線の渋谷駅を降り、あのスクランブル交差点を目の前にすると、〝学ランの男の子！　アイスクリーム！　洋服屋さん！　……ああ、この交差点を渡った向こう側には、めくるめくような楽しい世界が待っているのだ！〟と、舌なめずりしたいほどの興奮を覚えたものです。

ああ、それなのに。すっかり大人になって体力も気力も衰えた今となっては、見るだけでも疲れる、あの交差点。渋谷の近くに住む私ではありますが、渋谷は私にとってすっかり「近くて遠い場所」となっています。

いくら苦手でも、どうしても渋谷に行かねばならない時もあるのです。そんな時、どのような作法であの街を切り抜ければよいのか、私はいつも頭を悩ませることとなるのですが。

私の場合、「ペースの合わない人とは行かない」というのが、渋谷の旅の大前提となっています。駅から出て、あの交差点を目にした瞬間、歩行者用信号が青の点滅を始めたとしましょう。その時、私であれば迷わずに立ち止まり、次の青信号を待ちたいのです。見るだけで疲れる交差点なのに、なんでクラクションに急《せ》かされ、人に揉《も》まれながら走って渡らねばならぬのか。そして「信号が点滅し、赤になりながらも渋谷のスクランブル交差点を走って渡る大人」は、傍《はた》から見ていて決して格好良い存在ではない。……という美意識もありますな。

だから、一緒にいる人が「信号点滅時は、走って渡る」というのがポリシー、というタイプだと、困惑してしまうのです。

「あっ、渡れるよ。急いで！」

なんて言われると、泣きたいような気持ちになる。もしもそれがデートの途中だったら、私はその人との未来に、深ーい不安を感じることでしょう。駅前のスクランブル交差点は、渋谷でデートをするカップルにとって最初に通り抜けなくてはならない、大きな関門、なのです。

スクランブル交差点を無事に突破できても、渋谷にはまだたくさんの難所が待ち受けています。

まずは、人込み。渋谷の、特にセンター街の人込みというのは、他の場所における人込みとは、ちょっと違います。

ラッシュ時の駅の人込みや、昼時のオフィス街の人込みには、「流れ」というものがあります。確かに人は多いけれど、正しい流れに乗っていれば、他人との無駄な接触は避けることができる。

しかし渋谷の人込みに「流れ」はありません。動脈硬化を起こした血管内部のように、あちらこちらに人の「澱《よど》み」ができている。人の流れも、進む人と戻る人、の二方向ではなく、縦横無尽。それまで普通に目の前を歩いていた人が、露天商の店の前で急に立ち止まったり、うさん臭いスカウトに声をかけられて急に方向転換をしたり、

「あっ、○○ちゃんだー」

と、急に走りだしたり。

しかし渋谷では、いきなり突拍子もない動きをする人にぶつかりそうになったからとて、ムッとしたり、迷惑そうな顔をしては、いけないのです。他の場所においては当たり前の行為である「真っすぐ歩く」ということは、実は渋谷においてはマナー違反ですらある。最徐行、急ブレーキ、Uターンに急発進。「真っすぐ歩く」以外なら何でもOK、なのがセンター街です。

「急いで歩く」ということも、センター街でしてはならないことです。センター街は、歩くための道ではありません。高校生を中心とした若者達が、誰かを見たり、誰かから見られたりするために用意された、劇場なのです。誰が劇場の中を急いで走り抜けようとしましょうか。

郷《ごう》に入《い》っては郷に従え。たとえ自分が高校生ではなくとも、センター街を歩く時は諦《あきら》めて、周囲の人の姿をじっくりと見る、という姿勢でいる方が、無駄に精神をすり減らさなくて済むようです。

「知らない人をジロジロ見るなんて、失礼にあたるのではないか」

ご心配する、まっとうな神経を持つ方もいらっしゃるかもしれません。しかしそんな心配も、無用です。何せそこは、劇場です。劇場の舞台に立つ者は、見られることによってしか、喜びを得られないのです。珍奇な格好をしている若者達をジロジロと見れば見るほど、その若者達に〝私は今、生きているのだ！〟という実感を与えることができる。青少年育成の一助となる。そう考えて、見てやってほしいものです。

そんな風にセンター街を歩いていると、時に「自分も劇場の舞台の上に乗っているのかも」という勘違いをしてしまう大人が、います。若者のことを見ているうちに、アタシのことも見てほしい、アタシも見られているに違いない、という妄想にとりつかれてしまうのですね。

そこに明確な線が引かれているわけではないけれど、センター街の「舞台」にのぼることが許されているのは十代だけ、ということを、忘れてはなりません。二十代以上の者は、同じ場に立っていても観客の役割しか与えられることはない。だからチラシを配っている人の目の前を通っているのに、こちらの方を見もせずに全く無視、みたいな仕打ちを受けても、ムッとしてはいけないのです。

渋谷を歩いていると、時に恐怖を感じることも、あります。夕方になって、ちょっと裏道を歩くと、路上に若者達が座っている。座るくらいならまだいいのです。時には路上や建物の前に、何人かが完全に寝そべって会話などしており、〝集団自殺？〟と一瞬、ドキッとしたり。そして、〝こんな風に路上でまったりしている若者達の前を、どんな顔で歩けばいいのだ……？〟と、ビクビクしてしまう。

下の方から他人の無遠慮な視線を受ける緊張という意味で、それはオープンカフェの前の道を歩く時の感覚とも少し似ています。が、オープンカフェの前を歩く時は、緊張すれど別に身の危険を感じる必要はない。渋谷の路上では、もっと本格的な恐怖心を感じるのです。〝いいがかりをつけられたら、どうしよう〟〝喧嘩《けんか》したら、勝ち目は無さそうだし〟と。

しかし路上に座る彼等は、実はそんなに恐い人達でもありません。特に土・日の昼間、渋谷に来ている若者達は、割と遠くから遠征してきているケースが多い。地元の路上では多少顔の知られた存在ではあっても、渋谷においてはおとなしかったりするのです。交わしている会話も、

「常磐《じようばん》線の最終って、何時？」

「牛丼《ぎゆうどん》、食いたい」

「吉野家より松屋の方がウマイよ」

といった他愛のないものだったりして、決して道ゆく者の悪口を言っているわけでも、因縁《いんねん》をつけようと手ぐすねひいているわけでもないことが、わかります。

だから、座っている彼等の足をわざと蹴《け》るとか、

「馬鹿じゃねぇの、あいつら」

などと聞こえよがしに言うなど、あからさまに挑発的な態度さえとらなければ、向こうから危害を加えてくることはありません。その辺の感覚は、サファリパークと同じと言っていいでしょう。そうビクビクせずに、若者という珍しい生き物の生態を、観光していいのです。

もしもあなたがあまり渋谷に来たことのない人であるとしたら、渋谷来訪にあたって一つアドバイスしておきたいことがあります。それは、

「はき慣れた靴をはいてこよう！」

ということ。一口に「渋谷」と言いますが、それはあまりにもだだっ広い地域を指します。さらにはシブい谷ということだけあって坂も多いし、東急ハンズのように、いつの間にか階段を死ぬほど上下してしまうような建物もある。だから、

「おしゃれな若者の街だしー」

などと、おろしたての華奢《きゃしゃ》なサンダルなどはいてきた日には、一発で靴ズレに。

そう、渋谷とは、スクランブル交差点というゲートで守られた、都会の中のサファリパークなのです。広大な敷地内には、「今時《いまどき》の若者」という野生動物が放し飼いにされ、好き放題にやっている。その中に踏み込もうというのですから、歩きやすい靴は必須。できれば裏にギザギザがついているくらいの方が、いいかもしれない。

そしてお腹が空いてマックに入りたいけど、なんだか恐そうな高校生ばっかりで入れない。とか、明治通りを原宿に向かって歩いているうちに、あまりにたくさん洋服屋さんを見すぎて、いつの間にかすっかり血糖値が下がって失神寸前。なーんて時に備えて、チョコレートくらいは携行しておく方が、いいのかもしれない。

そんな渋谷の旅は、夕方、またあのスクランブル交差点を渡ることによって、一応の決着を見ます。しかし、それで完全に終るわけではありません。友達とはぐれずにJRの切符を買うことができて初めて、本当に「渋谷サファリパーク」の旅は終るのです。

今日も渋谷には、人間という動物の野性味を味わうために、たくさんの人達がやってきます。しかしいくらサファリパークといえど、ルールとマナーを守らねば、事故が起こってしまう。渋谷の入り口にそんな注意書きはありませんが、その辺の事情をよく理解して、安全に楽しんでいただきたいものです。

タクシーの運転手さんと会話しますか？

——taxi

タクシー恐怖症に、なりかけたことがあります。あれは確か、バブルの時代。誰もがバンバン、タクシーに乗り、週末の夜ともなると、盛り場でタクシーを拾うことなどほとんど不可能、という状況でした。

私は当時、会社員。ある時、打ち合わせに行くために、タクシーを拾ったのです。目的地まで、千円ほどの料金で到着しました。支払いをしようとして、ふと財布を見ると。そこには千円札が一枚もなく、あるのは一万円札のみ。

しまった……とは思ったものの、無いものはしょうがない。

「すいませェん、一万円札しか無いんですけれどォ……」

と、できる限り申し訳なさそうな声で、お金をさし出しました。〝アタシはギャルなんだし（当時、二十四歳）、にっこり笑えば、多少は嫌な顔をされても、お釣りを出してくれるだろう〟くらいの気持ちでいたのです。

ところがその考えは甘かった。運転手さんは、

「釣りなんて無いよ」

と言ったかと思うと、すごい勢いで怒りはじめたのです。

「アンタみたいな人がいるから、オレ達は本当に迷惑してるんだよ。細かいカネ持ってないんなら、タクシーに乗るなよ」

……ってな感じで。そして、

「釣り、無いんだから。アンタ、どっかその辺に行って崩してきて」

と言い放つではありませんか。

〝客である私が、なぜそこまでの言われ方を……！〟と、私は激しく、ムッとしました。が、当時はなにせ、タクシー超売り手市場。その上私は、まだほんのギャル（しつこいようだが、二十四歳）。何も言い返すことができず、運転手さんの怒りっぷりの恐ろしさと悔しさとで半泣き状態のまま、近くにあった喫茶店まで走り、一万円札を崩してもらったのでした。

以降、私はしばらくタクシーに乗るのが恐くてたまらなかった。乗る時は、千円札が少なくとも五枚以上はお財布の中にないと、安心できない。別にタクシーに乗る用事は無くとも、〝何かを買う時に、一万円札を出したら怒られるのではないか〟という恐怖心が、すっかり身についてしまったのです。

確かに、近距離のタクシーに乗る時、小銭を用意しておくのは、客としてのマナーです。しかしあの時の運転手さんの怒り方も、「何もそこまで」というものだった。その時は〝親にだってそんな言われ方をしたことはないのに……ウラミハラサデオクベキカ〟と、魔太郎《またろう》っぽいことを思っていたわけですが。運転手さんにしてみれば、小娘が近距離だというのにタクシーに乗ってきて、一万円でお釣りちょうだい、なんて言われた日にはムッともするだろうと、今にして思うのです。あの運転手さんの恐怖教育のお陰で、今もタクシーに乗る時は、たとえ待ち合わせの時間に遅れそうであっても、コンビニかどこかで要《い》らぬ乾電池などを買って、一万円札を崩してからにする私。

今でもたまに、うっかりして千円札が二枚しか無いのに、二千円ギリギリの距離まで、タクシーに乗ってしまうことがあるのです。そんな時、千五百円を過ぎたあたりからの心臓のドキドキぶりといったら！　〝お願いだから、もうこれ以上、メーターが動きませんように！〟と、心の中で祈禱《きとう》。タクシーに乗り始めた頃の教えというのは、いつまでも消えないものなのですね。

思い起こしてみれば、バブルの頃は本当に、タクシーに乗るのは一苦労でした。夜の六本木《ろっぽんぎ》通りなどでは、人がタクシーを待っているすぐその前に他の人がやってきて、空車をかっさらっていったり。その人達に思いっきりガンを飛ばしてみても、痛くも痒《かゆ》くもない、という横顔で走り去られるだけの、弱肉強食の世界。

あからさまな乗車拒否も、ありました。タクシーが停《と》まってドアが開いたその瞬間、客が座る前に、

「どこまで？」

と聞かれる。行き先が近距離だと、

「ゴメン、行けないわ」

と、バタン。すごーく、虚《むな》しい気分になる。

深夜、タクシーに乗った時、

「悪いんだけどお客さん、ちょっとシートの陰に隠れててくんない？　その代わり、いつも行く料金より、ちょっと安くしとくから」

と頼まれたことも、ありました。何でも、前の客に料金を踏み倒されてしまい、その料金を運転手さんが会社に払わなければならないので、実車《じっしゃ》してもメーターを倒さずに走っ

ていたい、とのこと。お客を乗せているのに空車のままにしているのが会社にバレると大変なことになるので、隠れていてほしい、ということだったのです。

「そんなことなら……」

とつい引き受けた私でしたが、身を隠しながら〃何でアタシがこんなことを……〃と思ったのも、事実です。

そう、あの頃は、タクシー無法時代だった。客はただ移動さえさせていただければ御の字であり、タクシーはただ遠距離の客がつかまえられさえすればよかった、のですね。マナーも何も、あったものではなかった。

そして時は流れ。不景気のせいもありましょうが、ずいぶんとタクシー事情は穏やかになりました。すると、この時代ならではの、気をつけなくてはならないことも、でてきたようです。

それはたとえば、「ある程度の道順を、客は理解していなければならない」ということ。不景気のせいで、経験の浅いタクシー運転手さんが増加。目的地を告げるといきなり、

「すいませーん、詳しくないもんで、教えていただけますか？」

とくる。こちらも知らないと互いに「ハテ？」などと顔を見合わせ、道端に車を停めて、地図を広げたりする。

その手の新人運転手さんはたいてい腰が低くて丁寧なので、あからさまにムッとすることもできないのですが、今時《いまどき》のタクシーを乗りこなすには、他人任せの気持ちでいてはいけない、ということなのでしょう。

またタクシーは、他の交通機関に比べると、運転手さんとのコミュニケーションに異常なまでに気を遣わなければならない乗り物です。密室の中に運転手さんと、自分。どう接するかによって、短い旅は、楽しくもつらくも、なる。

私は基本的に、タクシーの運転手さんとはあまり話さないタイプです。旅先では多少の質問などしますが、東京で乗る時は、できれば黙っていたい。

もちろん世の中には、しゃべりたがる運転手さんも少なくありません。その時、どう対処するかは、無口派としては思案のしどころなのです。

まず、しゃべりたがり屋の運転手さんと言ってもタイプは色々なので、それを見極めなくてはなりません。

よく出会いがちなのは、「状況解説型」。道が混んでるとか、天気が良いとか悪いとか、どうでもいいような話題を、ひたすらしゃべっている人です。

うるせェな、とさえ思わなければ、対処は比較的、簡単です。「あらあら」「はぁはぁ」「ナルホド」といった、どうとでもとれる合いの手を適当に入れれば、時は流れていくのですから。

「義憤《ぎふん》型」というのも、あります。自分の心情をひたすら吐露するわけですが、その内容は、「怒り」。今時の若者とか、政治経済に対する怒りを、客にぶつけるのですね。

おそらく運転手さんは、私の意見など求めていないので、やはり適当にあいづちさえ打っていればいいのですが、少しだけ、気をつけなくてはならないことがあります。

たとえば今時の若者に対して、

「髪なんか赤くしちゃって何考えてるんだか……」

と彼が怒っている時についウッカリと、

「でも茶髪《ちゃぱつ》が似合ってる子もいますよね」

などと言ってしまうと、ややこしくなるのです。彼は、なぜ茶髪がいけないかから始まって女子高生亡国論まで一気にまくしたて、意地でも客の耳を休ませない。客は、自らの不用意な一言が彼の義憤魂に火をつけてしまったことに気づくのですが、後悔しても、もう遅い。目的地に着いて、客はゲッソリ疲れ顔なのに対して、運転手さんは「出し切った」というスッキリした顔をしているのでした。

さらにその手の運転手さんには、「自慢したい欲」が隠れていることも、あります。政治経済系の義憤型の中には、妙に難解な言葉を多用する人がいる。「俺はただ者じゃないんだぜ」という雰囲気をふんぷんとまきちらしているので、ついバックグラウンドなどを尋ねてしまうと、元は名の通った企業に勤めていたとか、有名な大学出身だとか、偉い人と知り合いだとか、その手のお話が出てくるのです。そういえばさんざじらしたあげく、「実は息子が東大に通っている」ということを思いっきり相好《そうごう》を崩して告白する、可愛《かわい》い運転手さんもいましたっけ。

困るのは、客の背景を探ろうとする、「探偵型」の運転手さんです。

「お客さん、いくつ？」

「仕事は？」

「結婚してんの？」

と、客のプライベート情報を、何の躊躇《ちゅうちょ》もせずに聞いてくる。それだけならまだしも、

「もう三十過ぎてるのかぁ。早く結婚した方がいいヨ〜。女の人はね、やっぱりいい旦那《だんな》さん見つけて、子供産むのが一番、幸せなんだから」

と、意見までしてくる。

悪気が無いのは、わかっているのです。しかしこちらとしては、〝アンタに言われる筋合いはねェよ〞と心の中で悪態をつく。

そんな時は、無理して話に付き合う必要は、ありません。あからさまにムッとして返事

をしないようにすれば、いくら鈍感な人でも、そのうち気づく。ムッとした顔をする勇気が無い人は、寝たフリでもして、乗り切りましょう。

タクシーの中における運転手さんと客の関係というのは、一瞬のみの家族とか、夫婦のようなもの、なのかもしれません。運転手さんであろうと客であろうと、最も性格の強い者がその場のイニシアティブを取り、その他の人はそれに従うしかない。

そういえば、子供の頃に遊んだ「人生ゲーム」では、家族は一台の車に乗って、「人生」の盤の上を動いていました。車を共にするということは、たとえ一瞬だけでも、人生をそして運命を共にすることでもあるのです。

そう思えば、タクシーの運転手さんとの出会いも、縁あってこそ。時には嫌なこともありましょうが、おだやかな気持ちで、一時のタクシー人生を過ごしたいものです。

映画を観ながら何を食べますか?

——theater

私って、もしかして運が悪い人間なのかもしれない……。

そう思うのは、映画やお芝居を観《み》にいった時です。なぜなら非常に頻繁に、否、ほぼ毎回と言っていいくらい、私の目の前の席には、座高の高い人が座るから。

映画を観にいって、たまたま前の席が空いている時も、あります。〝あっ、今日はラッキー!〟などと思うのです。しかしそんな時も、予告編が終って、そろそろ本編が始まるという時になると、どこからか人がやってきて、私の前に座ってしまう。それも、カップルだったら絶対に男性の方が。

その瞬間の私の無念ぶりが、わかっていただけるでしょうか。〝今日ばかりはリラックスして観ることができるかもしれない！〟と思ったのに、突然目の前に黒い山。

「隣だって空いてるんだから、わざわざこっちに座るんじゃねぇッ」

と言いたくなるその言葉をグッと飲み込む。

案の定、座高の高い人のせいで、字幕を読むにも一苦労です。顔を右に左に動かしてやっと読める、という感じ。私としては、周囲の人から〝ああ、あの人は前の人の座高が高いから苦労しているのね〟という憐愍《れんびん》の情をかけてもらいたくて、多少オーバーアクション気味になっていることは否めません。しかしそれだけイラついている、ということでもあるのです。

座高が高い人の背中というのは、とてもふてぶてしく見えるものです。その背中から、〝僕、座高が高くてご迷惑をおかけしているんじゃないですか？　すいませんねぇ本当に。でも悪気があるわけじゃないんですよー〟という空気を少しでも感じることができれば、まだこちらとしても気持ちは収まるのですが、前の背中はひたすら鈍重に、ただそこに存在するのみ。脱いだ靴で殴りたくなるのは、こういう瞬間か。

別に座高の高い人に謝ってほしいわけではないのです。が、劇場の後ろの方に「座高が高い人用シート」が設置されていたら……と、望まずにはいられません。

暗闇《くらやみ》の中に知らない人達がたくさん集う劇場という場所においては、やはり守るべきマナーがあります。

携帯電話の電源を切るとか、飲食はご遠慮下さいとか、その手のことは事前にアナウンスされるもの。しかし劇場の中の「暗さ」というのは、ついつい人をして、〝こんなに真っ暗なのだから、ちょっとやそっとのことやっても、バレないだろう〟という気分にさせてしまいます。

さすがに携帯電話を劇場内で鳴らす人は少なくなりましたが、飲食というのはどうしても止まりません。特に会社勤めだったりすると、会社が終った後、七時くらいから映画を観ることも多く、空腹は避けられないことでしょう。

たとえ禁止されていても、お腹が空いてしまった時に何か食べたいのはしょうがない。問題になってくるのは、そこで何を、どのように食べるか、です。

当然ながら、まず第一に避けるべきは、音の出る食べ物です。誰もそんなものを映画館に持ってはいかないでしょうが、「げんこつ揚げ」などとネーミングされた硬そうな煎餅《せんべい》は、食べない方がよいでしょう。江戸っ子のあなたは、蕎麦《そば》・うどんの類《たぐい》も、ついつい大仰《おおぎょう》にすすってしまうので、禁物です。

忘れがちなのは、パッケージが発してしまう、音です。〝サンドイッチなら音がしないわ〟と持ち込んだはいいものの、サンドイッチが入っているプラスティックのパックを開ける時に、「パリパリパリ」などと音がして、それが意外と響いてしまう。

そんな時は、映画の大音響シーンに合わせて、パックを開けるしかありません。その点、ハリウッドの娯楽超大作、みたいな映画の場合は、カーチェイスシーンだの音楽シーンだの、大きな音が流れるシーンが多くて物を食べやすいのです。げんこつ揚げでもイケそうかな、と思う。

しかし、フランス映画は実に食べにくい。ぼそぼそと台詞《せりふ》をつぶやく登場人物。音楽も何だか辛気臭《しんきくさ》くて、飴《あめ》の包み紙を広げるわずかな音すら、目立ってしまう。フランス映画においては、両口屋是清《りようぐちやこれきよ》の落雁《らくがん》、「二人静《ふたりしずか》」くらいしか食べることができず、非常にひもじい思いをするのでした。

同じく気をつけなくてはならないのは、食べ物のにおいです。映画館は繁華街にあり、繁華街にはファーストフード店がある。ということで、映画館にファーストフードを持ち込む人は多いもの。

ファーストフードというのは、自分が食べている時はあまり気がつかないのですが、他人が横で食べていると、実にそのにおいが気になる食べ物です。電車の中に、一人でもテイクアウトしたケンタッキーフライドチキンを持っている人がいると、すぐにそれとわかるくらい。

映画館の中では、なおさらなのです。こちらはお腹が空いている。映画では、食事シーンだったりする。そこにどこからか、食べ物のにおいが。〝あっ、これは絶対にマックのフライポテトだ〟とか、〝このにおいは、モスバーガーのテリヤキチンバーガーに違いない〟などと判別がついてしまう自分が悲しい。

さらに悲しいことに、その手のにおいはこちらの食欲を激しく刺激するのです。普段は〝アタシってもう大人だし。ファーストフードなんて、ちゃんちゃらおかしくって〟みたいな顔をして「有機トマトの冷製パスタ」など食べているわけですが。劇場の中でマクドナルド臭を嗅《か》ぐと、〝あの細ーくて油でギトギトになったようなフライポテトに、ケチャップをベトベトにつけて、五本くらいまとめてかっ喰《く》らいたい……〟という野性が、目を覚ます。当然、映画の内容は頭に入っていない、と。

そんな意志の弱い人のためにも、映画館ではなるべくにおいのしない食べ物を食べてほしいと思うわけです。そんな私が「映画食」としてよく買うのは、あんパン。銀座で映画を観る時など、木村屋で何個か買っていきます。あんパンであれば、音はしないしにおいはしない。かつ適度な糖分で血糖値も上がる。ぜひ、お試し下さい。

人は本来、何かを食べるために劇場に足を運ぶわけではありません。劇場とは、映画なりお芝居なりコンサートなりを鑑賞するために行く場所なのです。してみると、鑑賞の仕方にも、マナーはあるはず。

私が劇場内でモットーにしているのは、「郷《ごう》に入《い》っては郷に従え」ということです。若い頃は、たとえばコンサートへ行っても、周囲が立てば自分も当然のように立ち上がり、ノリノリで聴くことができた。しかしちょっと年齢を重ねると、人は突如として怠惰になってきます。

周囲の人が、

「キャーッ」

などと言って立ち上がっても、イヤそうな顔をしてため息をついてみたり。前が見えなくなったのでしょうがなく立ち上がっても、腕組みなんかしてかったるそうに片足に体重をかけたり。

そんな態度は、知らず知らずのうちに周囲の雰囲気を盛り下げてしまいます。ノリたくて来ている人にとっては、

「だったら来るなよ」

と言いたいところでしょう。

それは海外の観光地において、団体観光客相手の民族舞踊のショーを観にいった時のよ

うなものです。最後のフィナーレで、踊り子さんに一緒に踊るように勧められ、他の国から来た人達は無邪気に踊っているのに、

「イヤイヤイヤイヤ、私はとても」

などと最後まで固辞し続ける日本人がよくいますが、それはすなわちコンサートでノらない人、のようなもの。

「団体旅行に参加する」ということは、民族舞踊のショーで最後に舞台に引っ張り上げられるという危険を承知する、ということでもあるのです。同じようにコンサートに行くということは、最初から最後まで立ちっ放し、を覚悟するということでもある。

当然、クラシックのコンサートでは、クラシック郷の掟《おきて》に従わなくてはなりません。いくらコンサートマスターの髪型が変だからといって、そしていくら指揮者のタクトの振り方が芝居がかりすぎているからといって、隣にいる人を肘《ひじ》でつついて「クックック」などと笑ってはならない。もちろん、あんパンも食べてはならない。いくら感動しても、曲が終るまでは立ち上がってはならないし、騒ぎたくなったら、グッと我慢して静かに眠った方がいい。

そんなクラシック向けマナーは、もちろん違う劇場においてはマナー違反となります。たとえば新宿コマ劇場に、クラシックコンサートのマナーのままで行くと、それはそれで

不粋な客となる。コマ劇場の座長公演においては、なるべく感情を大仰に出すことが、マナーです。

たとえば、鳥羽一郎《とばいちろう》の座長公演。ひょんなことからチケットをもらってしまい、何となく行ってしまった、ということも長い人生、無いとはいえません。そんな時、〃アタシ、本当は鳥羽一郎なんて全然ファンじゃないんです。しょうがなくてここにいるだけなんで、他のファンの人とは一緒にしないで下さいね〃という顔をするのは、ちゃんとお金を払って入場しているファンに対し、そして鳥羽一郎に対し、失礼というもの。

一度鳥羽一郎公演に足を踏み入れてしまったら、あなたはもう立派なファンの一員なのです。股旅《またたび》ものの芝居の時は、単純なギャグにも金歯を見せて大笑いするべきだし、ラストの離れ離れになっていた母と息子が再会するシーンでは、〃乗せられてる〃とわかっても、思いっきりホロリとするべき。そしてフィナーレの「兄弟船」では、身を乗り出して一郎（もちろん、鳥羽）に手を振るべきなのですね。そうでもしないと、わざわざ東京の火薬庫・歌舞伎町《かぶきちょう》を踏破してコマ劇場までやってきた意味というものが、全くなくなってしまいます。

劇場は賑《にぎ》やかな街の中にありますが、そこはある種の異界でもあります。チケットをもぎられた瞬間、私達は俗世とは違う世界へ、入ることになるのです。

当然そこは、俗世とは違うマナーが支配する場所。靴を脱ぎ捨てるくらいに弾《はじ》けてはしゃぐことがマナーだったり、逆に脚を揃《そろ》えて押し黙ることがマナーだったり。もしかしたら私達は、ステージの上のものを観るためというよりは、「ステージ上のものが規定するマナーに従う自分」を味わうために、劇場に足を運んでいるのかもしれません。

お盆は田舎ですごしますか？

——hometown

子供の頃、毎年夏休みは、海ぞいにある親戚《しんせき》の家に遊びに行きました。ある時、その家の仏壇の前に、この世のものとは思えないほど美しい提灯《ちょうちん》が置いてあるのを私は発見しました。夜になると中の灯《あか》りがつき、模様がクルクルと回るのです。

水色の模様がゆっくりと回りながら灯りに照らされている様子を見て私は、陶然としました。〝何て幻想的！　何て美しい！　こんなきれいな提灯は見たことがない！〟

あまりに感動した私は、〝このすばらしい提灯をぜひ買ってかえって、お部屋のインテリアとして使用したいものだ〟と、エスニック趣味の外国人のようなことを考えて、その家のおばさんに相談しました。が、おばさんは、

「これは盆提灯と言うものであって、部屋の飾りに使うものではない」と私に教えてくれたのです。盆提灯を買うのは諦《あきら》めましたが、そんなわけで今でも盆提灯を見ると〝きれいだなぁ〟と、ウットリしてしまう私です。

お盆は、地方によって七月にする所と八月にする所があるようです。いずれにしても先祖の霊を家に迎えるという行事が、お盆。その時には生きている人間も家に戻ってきますから、霊と人間とで家の中はゴッタ返すことになります。そこで今回は、夏のメイン・イベント「お盆」に関するマナーを、考えてみたいと思います。

①お盆に、帰省しますか？

ごく自然に〝お盆は、都会に出ていった者は必ず帰省するもの〟と考えられていた昔。死んだ者も生きている者も、とにかく一族が集まるお盆は、時として正月以上に重要な意味を持つ行事である。「帰省」以外の選択肢は、存在しなかった。

しかし今、「お盆の帰省」は、それほどの強制力を持たなくなっている。休みを、「帰省」などという地味なレジャーで潰《つぶ》したくない学生達。そして、

「イヤよ、あなたの田舎《いなか》に行くと気ィつかうんだもん。それに料理だって何だって、結局私が全部手伝わなくちゃならないのよッ」

という妻の強硬な反対によって、

「じゃ、今年は帰るのやめるか」

ということになる若夫婦。

二十五歳を過ぎても結婚せずに都会で仕事に精を出す女性（田舎だと結婚が早い場合が多いので、二十五歳を過ぎるともうとっぷり年増《としま》だったりする）の場合は、盆に帰省などしようものなら、まさに飛んで火に入《い》る夏の虫状態となってしまう。〝我こそが一族のまとめ役〟と自認するおじさんからは、皆がそろった夕食の席で、

「〇子、結婚はしねぇんか？」

などと大声で問われ、〝我こそが一族の中で最も若者に近い感覚を持ってる者〟と自認する（でも全然ちがう）おばさんからは、廊下ですれ違う時小声で、

「〇子ちゃんは偉いなぁ、自立してて。でもナ、アンタのお父さんお母さんも、口では何も言わないけど、本当は早く孫の顔が見てぇんじゃないの？」

などと言われる。せいぜい仏壇に向かって、

「ご先祖様、お盆ってつらいもんっスね」

と祈る彼女……。

しかし、行きたくないから行かない、というわけにもいかないのが、大人というもの。

「お盆の帰省を断ってもカドが立たない口実」を、ここで考えてみたい。

(a)学生の場合

上級生であれば、就職活動を口実にするのが最も手軽である。就職協定もなくなり、「お盆の時期にまだ就職活動でジタバタしているようではヤバイ」という意見もあるが、それだけに、

「今がヤマなんだよ」

という声には深刻味が加わろうというもの。しかし、あまりに大変さをアピールしすぎると、

「そんなに就職が大変なら、こっちサ帰って仕事探せばええ」

という方向に話がいってしまう可能性もあるので、ほどほどにしたい。

下級生の場合は、まだ都会に出てきて日も浅いということで、遊びたい盛り。「女の子とキャンプ」「海で日焼け」と、能天気な予定がたくさん詰まっていることとは思うが、それをそのまま親に伝えるのでは思いやりがない。せめて、「クラブの合宿が抜けられない」「ゼミの合宿でどうしても」くらいの嘘《うそ》はつきたいものである。

(b)若夫婦の場合

結婚して初めて迎えるお盆。その時、「田舎に戻るかァ」という夫に対して、たとえ妻が、

「お盆は田舎で？　冗談じゃないわよ、その日はママとお芝居観《み》にいってそのあとパパも一緒にお食事ってことになってこんだから」
と、その提案を一蹴《いっしゅう》したとしても、もちろん「妻が嫌だと言っているので帰りません」と言ってはいけない。〝実家よりも妻を選ぶ〟という確固たる意志があるのであれば、「ゴメン、オレが出張になっちゃってさぁ……」と言うべきであるし、そうでなければ無理にでも妻を田舎に連れていくべきである。このままでは妻は、結婚式や法事など、田舎で何かある度にナンクセつけて都会に留まろうとするであろう。結婚一年目のお盆をどうするかは、その後の夫婦の方向性をも左右する。帰るのか、帰らないのか。真剣に考えるべき問題なのである。

(c)未婚女性の場合

特に何も嘘をつかなくても、「今年は、帰らないわ」と電話をするだけで、ご両親は許してくれるはず。

ただし親族が集まったお盆の夜、「○子はどうした」「なんとか婿を世話せにゃあ」「そういえば役場のヤマダくんは独身じゃねぇか？」「ちょうどええかもしれん」……などと欠席裁判が進むことは覚悟しておかなければならない。面倒なことになるのが嫌なら、あえて火中の栗《くり》を拾う覚悟でお盆の席に身を投じ、「余計なことはするな」と釘《くぎ》を刺しておくという方法もある。

②何を持っていきますか？

あなたが初めて夫の実家のお盆に参加する若妻だったとする。夫は割と鈍感な人で、「自分にとって居心地の良い実家だから、きっと妻にも居心地は良いに違いない」と信じ込んでいる。

「緑がいっぱいあって、きっとのんびりできるよ」

などと、見当違いのことを言う夫。夫の実家は、妻にとっては単なる他人の家でしかないということが理解できないのである。

頼りにならない夫を横目に荷造りをするわけであるが、ボストンバッグに何を詰めるかは、慎重に考えなければならない問題である。

まずは、お土産《みやげ》。親戚一同へのお土産は別送してあるので必要ないが、夫の兄弟の嫁や小姑《こじゅうと》など、実質的に家事をとりしきる立場にいる人への個人的な土産を忘れてはならない。ブラウスやちょっとしたアクセサリーなど用意することがあなたの田舎ライフの幸不幸を左右するのである（ただしブランド品はイヤミなので不可）。

服装にも、注意したい。極端に細身のストレッチパンツなど持っていくと、時に異常に驚かれることがある。身体のラインに密着する細身のパンツは、田舎の、それも年配の人にとっては、全く馴染《なじ》みのない衣類なのである。義父には、

「×子さん、そのパッチみたいなもの……なんだ？」

と目を丸くされ、ズボン下と勘違いした義母には、

「あれまァ、お尻《しり》丸出しにしちゃって……。そんなんじゃ子供が産めなくなっちゃうよ、早く上に何か着なさい」

と、眉《まゆ》をひそめられてしまう。

同様に、チビTにも注意したい。

「そんな布が足りないようなツンツルテン、おかしいからこれに着替えなさい」

とビッグTシャツを渡される。またベージュ系の口紅をつけていると、「×子さん、顔色悪いよ？」と心配され、おしゃれなサングラスは「チンピラのごたる」と心配される。

とにかく、田舎でモード系ファッションを維持しようというのは間違いなのである。郷《ごう》に入《い》っては郷に従いまくっているうちに、都会のファッションがいかに健康的でないかが、見えてくるかもしれない。

個人的な嗜好品《しこうひん》も、忘れずに用意したい。都会では何でもすぐコンビニに走ればいいと思う癖がついてしまうが、夫の実家のそばにはコンビニがないかもしれない。いつも食べ

ているお菓子や雑誌などは、あらかじめ用意しておきたい。

あなたがあまり和風の食生活に慣れていない場合は、特に注意が必要である。地方によっては、お盆の時期は精進料理のみ、という場合もある。豆腐とか山菜の煮物などが続くうちに、「焼肉喰《く》いてェ、パスタ喰いてェ……」とギラギラしてきた自分を抑《おさ》えるためにも、念のためにビーフジャーキーなど動物性たんぱく質の食品を携帯しよう。

愛煙家の若奥様にとって欠かせないのは、携帯用の灰皿である。夫の前では吸うことができても、夫の両親の前ではさすがに吹かせない、という若妻が多い昨今。帰省中に〝タッ、タバコ……〟となってしまったら、どうするか。一軒だけある喫茶店で吸おうなどと考えてはいけない。田舎の情報網はインターネットよりも強力である。その日のうちに、

「あそこんちの嫁さん、一人で喫茶店でタバコ吸ってたって……」

との情報がかけめぐることは間違いない。

そこで重宝するのが、JTのコマーシャルでもおなじみの携帯用灰皿。夕食の後片付けが終ったら、夕涼みのフリをしてタバコを吸いに外へ。しかし吸い殻をその辺に捨てると山火事になってしまう。きちんと携帯用灰皿に捨てて、証拠は湮滅《いんめつ》したい。犬の散歩をかって出るついでにタバコを吸いにいくのも、手である。大自然の中で吸い込む紫煙は、また格別の味であろう。

③何をしてすごしますか？

田舎の朝は早い。

「ゆっくり寝てていいのよ」

とは言われるものの、初日の朝、起きたらすっかり家族の朝食は終っていてさすがにヤバイと思ったあなた。

普段は夫を送り出してから二度寝をしている身ゆえ、午前中をあまり有効に使ったことはないのだが、いざ早起きをしてみると、一日がやたら長いことに気づくだろう。

この暮らしを楽しむには、神経過敏にならないことが最も大切である。もしかしたら、トイレが水洗ではないこともあるかもしれない。しかしたとえ便秘になろうが、笑顔で使用。昨今は和式便器を使用できない人すらいるらしいが、頑張って口で息をするコツを覚えよう。

部屋の中を飛び回る虫をいちいち追うのも、考えもの。本来、虫は存在して当たり前のものなのである。

「あっ、また虫が……。本当に虫が多いですよねっ、この辺は！」

などと大騒ぎしては、〝やっぱり都会の嫁さんはこの辺には合わないのかのぅ……〟と、土地の人を不快にさせてしまう。多少ハエがとまったくらいのタクアンは、おいしくいただきたい。

　また土地の行事には、積極的に参加したいものである。都会ではお盆といってもあまり特別なことをしない場合が多いが、田舎ではお盆は本当に神聖で重要な行事なのである。都会においてはおばさんのネタとされている、

「今年は○○さんちは初盆だから、大変だよねー」

といったことを、まるで「○○ちゃんって××君と別れたんだよねー」的なことを話すかのように、若者達が自然に語っている。盆踊りも、都会のように単なる納涼大会ではなく、「死者の霊を慰める」ために踊る、真剣なものだったりする。

　そのお盆に対する熱い意気込みに驚くこともあるかもしれないが、体験するにつれ〝本当の日本の夏っていうのは、コレなのね……〟と、感じることができるであろう。

　……というわけで、ディープな日本の姿を垣間見《かいまみ》ることができる、田舎のお盆。都会っ子のあなたも、フィールドワーク感覚で経験してみてはいかがでしょうか。迎え火に、野菜で作った乗り物。提灯に盆踊り。スイカにソーメン……。真面目《まじめ》にやってみると意外に面白いものだったりします。マナーを守って、ディスカバー・お盆！

エコノミークラスで、隣の人と会話しますか？

――airplanes

国際線の飛行機の、エコノミークラスに乗っていると、〝よく考えてみるとこれって……スゴイ状況だなぁ……〟と思うことがあります。さほど大きくない椅子《いす》。前後左右の座席との距離は、驚くほど狭い。

その、みっしりと人がすし詰めに座った状態で、高度一万メートルとかの高さをものすごいスピードで、十時間以上も飛び続けたりするのですから。

飛行機の中で、客同士が喧嘩《けんか》を始めたとか、客がスチュワーデスに痴漢行為を働いたといった話を聞くことがありますが。よく考えればそれだけたくさん人が、それもアカの他人同士が密集した場所で、何も問題が起こらない方が、おかしい。喧嘩や痴漢とまでは言わずとも、ものすごい数の細かなトラブルが、飛行機内では発生しているものと思われます。

そんなトラブルを避けるための、「エコノミーマナー」とは、どんなものなのでしょうか？

飛行機のエコノミークラスに搭乗した人は、ぼやぼやしてはいられません。フライト時間が長ければ長いほど、人は素早く「自分の陣地」作りをしなければならないのです。搭乗後の十分の間に、どれだけ快適な陣地作りができたかによって、その後の十時間の快適度合いが、著しく違ったりするのですから。

たとえば、乗ってみたら比較的空いていて、空席もある便だった、という時。誰もが思うのは、空席とつなげて二席をゆったりと使いたい。欲を言えば三席、さらに可能であれば真ん中の席を全部つかって寝転がって行きたい……ということ。

空席を自分のものにするために必要なのは、勘と行動力です。搭乗した瞬間、〝ここはずっと空席なのでは？〟とピンときたら、ためらわずに自分の荷物を置いてしまう、とか。

困るのは、他人も同じ空席に目をつけていた時、です。

〝せっかく見つけた空席、ここでおめおめと譲ってしまうとこの先十時間以上、不自由に耐えなければならないのだぞ……！〟

という信念をより強く持っている方が、その空席を獲得することになるわけです。

ここでは厳しい「先着順」の掟《おきて》があることを、知らなくてはなりません。一瞬でも早くその席に荷物を置いた人、そして一瞬でも早くその席に手をかけた人に譲る、という意識を持っておくべきなのでしょう。

不幸にしてほとんど満席状態という時は、ややもすると空席がある時よりもっと激しい陣地獲得のための抗争が、エコノミークラスにおいて繰り広げられます。

それはたとえば、荷物置場の問題。頭上の荷物入れに早く大きな手荷物を入れないと、あっという間にスペースがなくなり、

「お足元に……」

なんてことになる。

ひじかけの問題も、あります。エコノミークラスの場合、隣の客との間にひじかけは一つしかありません。カップルであれば、ひじかけを上に上げて二人でベッタリくっついて過ごす、ということもできましょう。しかし隣がアカの他人という時は、「このひじかけはどちらのものか」という深刻な領土問題を、無言のうちに解決しなければならないのです。

搭乗後の十分の間、細いひじかけ上においては、他人同士がひじで微妙に押し合ったりしての領土拡大作戦が行なわれています。この、体力と知力を使った無言の陣地取りは、まるで囲碁のよう。ちょっと雑誌を取りにいっている隙《すき》にひじかけを完璧《かんぺき》に侵略されていたりすると、悔しさのあまり、しばらく落ち込んでみたりして。

最も不利なのは、窓にも通路にも面していない席に座っている人です。窓側、もしくは通路側の席の人は、確実に端っこのひじかけを獲得できる。そしてスキあらば、二つのひじかけを使用しようという企《たくら》みも、持っている。両脇《りょうわき》ともにその手の人だったりすると、可哀相《かわいそう》に真ん中の座席の人は、ひじかけを一つも使用できずに、ムンクの「叫び」ばりに身を細くして、十時間を過ごさなければなりません。

だから窓側・通路側の席に座った人は、真ん中の席の人の気持ちを慮《おもんぱか》って、「自分はひじかけ、一つでいい！」くらいのボランティア精神を持って欲しい。ただでさえ両脇に人がいて可哀相な真ん中の人、なのですから、せめてひじかけくらいは、二つ使わせてあげようではありませんか。

たいていの人は、「右のひじかけから左のひじかけまでが、その人固有の領土。当然、ひじかけ線の上空までの制空権も、座席に座る人が保有する」という常識を持っているものです。が、中にはその紳士協定を無視する暴れん坊も、います。ひじかけを乗り越えてこちら側によりかかってきたり、寝る時に身体を倒してきたりする人が、いるのです。

そんな人が隣にきてしまったら、自衛措置をとるしかありません。しかし、押し返したりつついたり言葉で注意したり、という行為はあまりに直截《ちょくさい》的すぎる。これから何時間も隣同士で過ごさなくてはならない相手の機嫌を損ねる可能性があります。だから、無機物による意思表示、をするのです。

たとえば、大判の雑誌や枕《まくら》などで、壁を作る。隣の人がその壁を押して領土を拡大しようとするならば、こちらも壁を押し返して、抵抗する。これならば、相手との直接接触による抗議は、避けられる。そのうち相手も、

〝これは、入ってくるなということなのだな〟

と気づくことでしょう。

その手の、制空権を侵しがちなオヤジ（と限定してしまいましたが、実際、機内の領土を無神経に拡大しようとするのは、中年以上の人が多い）というのは、同時に他人の「無言権」をも侵略しようとするものです。まだ、

「ご旅行ですか？」

程度の、挨拶《あいさつ》代わりのような会話なら、いいのです。しかしその質問に対して、

「ええ、旅行なんです」

という答えしか返ってこなかったら、〝ああ、あまり話したくはないのだな〟ということを、理解してほしい。もしも会話を続けたいのなら、

「ええ、旅行なんです。パリと、あとロンドンにも寄ろうと思ってましてね。ご旅行でらっしゃいますか？」

ってな受け答えをするはずなのです。最低限の答えしか返さないというところに、〝話したくない〟というこちらの意志を汲《く》んで欲しいのに……。

しかし隣の人は、気づかずに話し続けるのですね。

「いいですねぇ、OLさんですか？　たくさん海外旅行なんか、してるんでしょうねぇ。で、パリは初めてですか？　何泊くらい？」

……と、怒濤《どとう》のように。

寝ていたいから食事は不要、という人は「起こさないで下さい」というステッカーを座席の前に貼《は》っていることがありますが、「しゃべりかけないで下さい」というステッカーがあっても、いいような気がします。

領土問題に戻れば、左右方向のみならず、前後方向の侵略にも、気をつけなくてはなりません。特に座席を後ろに倒す時というのは、配慮が必要でしょう。

自分が机を出して飲み物など飲んでいる時、突然、前の座席が最大の角度まで倒れてき

たりすると、しょうがないこととはいえ、一瞬ムッとします。隣の家の木の枝が、自分の庭の上まで伸びてきたような。

「倒してもいいですか？」

と後ろの人に一声かければいいことなのですが、なかなかそれも面倒だったりするもの。いつか機内で「背もたれを突然倒したことに腹をたて、前の座席の人を刺殺」なんていう事件が起こらなければいいな、と思うのですが。もしもそんな事件が起こったら、〝殺すことはないが、気持ちはわかる〟と思う人は、意外と多いのではないか。

弱気な私は、いつも「後ろの人が寝ている隙に倒す」とか、「突然きた、と思われないようにじわじわとゆっくり倒す」といった姑息《こそく》な手段を使いがち。その度に、そこはかとない情けなさを感じてしまうのでした。

それでも後ろ方面の背もたれ問題は、まだわかりやすいのです。つい忘れがちなのは、前方の問題。座っていると、座席を後ろから押されるような蹴《け》られるような感覚を覚えることがありますが、これは後ろの席の人が、ポケットから乱暴に機内誌を出し入れしたり、ポケットの部分に足を置いて動かしたりするせいです。

自分の目の前にある壁は、実は他人の椅子の背である、ということに気づいていない人がやりがちなのですが、「背中を蹴られる」という感覚も、かなり不快なもの。前の座席の人をも考える視野と度量が必要、ということでしょう。

とかなんとか言ったところで。前後左右の間隔がもっと広ーく開いているクラスに座れば、そんな視野も度量も、ぜーんぜん、要《い》らないのです。本当は窓際に座って景色を見たいのだけれどグッと我慢して、トイレに行きやすい通路側の席に座る、などというセコいことをしなくてもいいわけだし。

エコノミークラスの座席に座り、左右の人との間ではひじかけ問題で数センチの進退で一喜一憂し、後ろの人に怒られないようにとじわじわと背もたれを倒し、そーっと前のポケットから機内誌を取り出し、トイレに入ったら、誰かが待っているだろうからとなるべく早く出て、間違ってビジネスクラスの方に入ろうとしてしまってスチュワーデスに咎《とが》められ……。なんていう機内生活を送っていると、本当にみじめーで、貧乏くさーい気持ちになってくるものです。

が、しかし。積極的に考えれば、エコノミークラスというのは、他人に対する「気遣い」というものを知ることができる、貴重な学習の場でもあります。「背中を蹴られてるようなイヤーな感じ」は、ビジネスクラスやファーストクラスにばかり座っていては、理解できまい。そしてそれが理解できなければ、飛行機の中で、他人には優しくできない。

狭い領土に、たくさんの人が住んでいる日本。エコノミークラスは、そんな日本の縮図のようなもの。日本でちゃんと生きていくための方法は全て、エコノミークラスで学ぶことができると言っても、過言ではないでしょう（本当は過言だが）。

そう、本当に優しい人は、ファーストクラスではなく、エコノミークラスに座っているのです。君よ、エコノミークラスの聖人たれ！　……マ、そう思って、これからもエコノミー・ライフに耐えたいと思っているんですけどね。

オープンカフェでは、どこに座りますか？

——café

一時期、雨後《うご》の筍《たけのこ》のように（と言っても私、雨の後で筍がニョキニョキと頭を出しているところなど見たことないので、イマイチこの言葉を信用していないのだが）たくさんできた、オープンカフェ。

被害妄想の強い人達は、まだオープンカフェが珍しかった頃、「外から見える前の方の席には、外国人やモデル風の日本人しか座らせてもらえない。普通の日本人は中の方の、あまり外から見えない席に案内されてしまう」などと文句をタレておりました。また、注文した品が運ばれた時にお金を払うというシステムに戸惑うケースもまま見られ、当時は「どうも気軽に入れぬ」という人もいたようです。

そんな人達も最近はすっかり慣れてきたようで、すっかりオープンカフェが定着した。今、容姿には関係なく、皆、物慣れた顔つきでカフェオレをすすったり、クロックムッシュをかじったりしているのです。

従業員にも、変化が見られました。外国人や容姿の良い人が優遇されていた時代は、オープンカフェの従業員達もまた、容姿の良い人が多かった。美形ギャルソンが運んでくれたお茶を外の風を感じながら飲んだりすると、一瞬自分もおしゃれな人なのではないかという誤解をしたものです。

しかし駅弁大学（古すぎ）ならぬ駅弁オープンカフェがたくさんできてからは、従業員の容姿もグッと低下、その辺の喫茶店でバイトするお姉ちゃん、という人が多くなりました。お陰で私達も、何の気負いもなく、お茶を飲めるようになったわけですが。

オープンカフェは、なぜオープンになっているのでしょうか。茶道における野点《のだて》のように、爽《さわ》やかな外の空気に触れながらお茶を飲むのは気持ちがいいから、というのが元々の理由だったのでしょう。しかし都会のオープンカフェの多くは交通量の多い道路に面しており、そこの空気は決して澄んでいるとは言えません。

オープンカフェというのは、外気に触れるためというよりも、「見る・見られる」ということのために存在しています。歩道にはみだして座っているオープンカフェの客達は、通行人にとってちょうど良いディスプレイですし、反対に通行人もまた、オープンカフェの客にしてみたら、格好の見世物《みせもの》。オープンカフェ前の路上というのは、客と通行人双方の視線が飛びかう緊張感あふれるゾーンとなり、オープンカフェの存在は街の活性化に一役買っているのです。

オープンカフェの数がまだ少なく、「普通の日本人は外からよく見える席には座らせてもらえない」とされていた頃は、店の前を歩く通行人の方が緊張していました。前列に座っているのは何だか格好良さ気な人達ばかりで、特権階級というムードが漂っていた。通行人としては、その人達から値踏みをされている感じがしたのです。

ですからオープンカフェの前を通る時は、〝私は、カフェに座っている人達の視線なんてちっとも気にしてません〟ということをアピールしたいのと、〝馬鹿にされじ〟という気負いとで、視線がまっすぐ前で固定されたまま、まるで生まれて初めてファッションショーに出たモデルのように歩いたものです。

確かに初期のオープンカフエでは、ブティックにおいてショーウィンドーにディスプレイされる「イチオシの服」の役割を、外国人が果たしていたのです。オープンカフェ後進国の日本においては、それもしょうがないことだったのかもしれません。

しかし今や時代が変わり、誰でも好きな席に座れるようになりました。通行人達の緊張感もやわらぎ、オープンカフェの前をゆっくり歩きながら「どんな人がお茶を飲んでいるのかな」と、眺められるようにもなった。オープンカフェにおける「見る・見られる」関係において、容姿による差別がなくなったのは、非常に喜ばしいことだと思います。

そんなオープンカフェにおいて気をつけなくてはならない、唯一にして最大のルールがあることに、私は最近気がつきました。それは何かと言えば他でもない、

「寒がるな」

ということ。

私達日本人は、割と寒がり屋の民族です。アフリカの人達と比べればまだ寒さに対する耐性はあるでしょう。しかし冷蔵庫並みにクーラーをきかせた室内においても平気でタンクトップを着ている香港《ホンコン》やシンガポールの人達、また冬なのになぜかTシャツに短パンにサンダルといった格好でフラフラしているアメリカ人達、またすごく寒いのにちょっと陽《ひ》が射したからといって半裸で日光浴をするヨーロッパの人達から比べると、著しく寒がりであることは否定できません。

私も、寒がり屋の一人です。冬などは、

「あー、寒い」

らいうのが口癖になっています。ハワイのホテルのガーデンテラスで食事をする時ですら、いくら太陽が照っていても、少し乾いた風が吹くと途端に寒くなり、

「アー寒い寒い」

などとつぶやいて、アロハムードをブチ壊しにしたりするのです。

寒がり屋にとってオープンカフェは、意外な鬼門《きもん》となりました。冬が寒いのは当然のことですが、普通は気持ちの良い季節とされる春や秋でさえ、寒がり屋にしてみればまだまだ冷える季節。ましてやオープンカフェにおいては、外同然の所に置いてある椅子《いす》に座ってじっとしていなければならず、非常につらい。

冬は冬なりの厚着をしているし、また寒がりでなくとも、あまり外でお茶を飲みたいとは思わないものです。しかし春や秋は、たとえ少し寒くても、ダサいと言われないためには、冬のような厚着はできない。

そんな時、平熱が高いタイプの人に、

「ねぇ、気持ちいいから外でお茶飲もうよ!」

などと言われると、私は非常に困惑します。外で茶など飲めば、たまらなく寒くなることはわかっている。本当は、

「ねぇ、寒いから中に座ろうヨー」

と言いたいのだけれど、他の人が外に座りたがっているのにそんなことを言ってしまっては、一気にムードをババァ臭くさせてしまいそう。結局、同意してしまうのです。

案の定、いくら上着を脱がずにいても、だんだんと寒さが押し寄せてきます。冷えたアスファルトは足の裏から熱を奪い、シャツと腕のわずかな隙間《すきま》から、冷たい空気が入ってくる。いくら温かい飲み物を飲んでも、寒さはおさまりません。

だからといっていかにも寒そうな顔や態度を示してしまうと、オープンカフェでは非常に格好悪く見えてしまうものです。オープンカフェの座席において手をこすり合わせて息をふきかけたり、ホッカイロを見えるところで揉《も》んだり、背を丸めて貧乏ゆすりをしたり、ボーイフレンドのジャケットを借りたりするくらいなら、最初からそんな場所に座るな、ということになるのですね。

ふと周囲を見回すと、外国人がシャツ一枚といった薄着をして、氷が入ったコーラをガブガブ飲んでいたりします。〝……ったく、肉喰《く》ってる奴《やつ》は違うよなぁ。戦争に負けるはずだよ〟などと思いつつも、やせ我慢して寒くないフリ。でもついに耐えられず、温かいカフェオレが入ったカップをマタの間にはさんで、密《ひそ》かに暖をとってみるのですが、もはや焼け石に水です。

結局、お茶を飲みおわった頃にはすっかり身体全体が冷えきってしまい、

「次、銭湯行かない？」

と提案したくなってしまうのでした。

特に結婚前の娘さんは、オープンカフェには注意しなくてはなりません。張り切ってノースリーブのニットにミニスカートでデートに臨《のぞ》み、オープンカフェですっかり全身が冷えた結果、婦人病や膀胱炎《ぼうこうえん》になってしまうかもしれない。下手《へた》をすると子供を産めない身体にもなりかねません。オープンカフェでお茶を飲みそうな予感がする時は、上着を一枚余計に持っていくか、ダマールのババシャツを下に着ていくことを、お薦《すす》めします。

私もオープンカフェが増えはじめた当初、秋の夜、オープンになっているレストランで食事をしたことがありました。ものすごく寒かったのですが、一緒に食事をしていた相手がそう親しい方々ではなく、かつ私を楽しませようと外に席を設定して下さったらしかったので、

「寒いので席を中に移動したい」

と、どうしても言えなかった。結果、その晩こっぴどい風邪をひいてしまったのです。

聞けば、オープンカフェの本場・パリでは、外に座るのは観光客達で、地元の人達は中でお茶を飲むというではありませんか。寒い時は最初から無理をせず、

「中に座りましょう！」

と強硬に主張するべき、という結論に達したのです。

そう考えるとオープンカフェというシステムは、確かにオシャレではあるけれど、あまり日本人向きではないような気がします。「掘りごたつカフェ」とか「オンドルカフェ」などがあったらいいなぁと願う人は、意外と多いのではないかと思うのですが。

他人のカラオケに拍手しますか?

——karaoke box

カラオケというのは、あまり一人っきりで歌うものではありません。もちろん、一人でカラオケボックスに行く人もこの世にはいるわけですが、やはり二人以上の人数で、「歌い手」と「聴き手」の役割分担をした方が、楽しさは増すわけです。

そして、人間が二人以上存在する場所に絶対に必要となってくるのが、マナーです。私達が住む地球の歴史を考えれば、カラオケの歴史など塵芥《ちりあくた》のようなものでしかありません。それでも人間達は、カラオケ誕生から今までの間、「いかにふるまえばカラオケをより気持ち良く楽しむことができるか」を、一生懸命に考えてきたのです。

カラオケブームの初期の頃は、「いつまでもマイクを離さない」人が、マナー違反の筆頭に挙げられ、非難の的となっていたものです。しかし今考えてみると、マイクを離さない人の気持ちというのも、わからなくはありません。

私が子供の頃は、まだカラオケなどというものはこの世に存在していませんでした。従って「マイク」は、普通に暮らす一般人が触れることができる物ではなかった。マイクは、テレビに出る人や舞台に立つ人だけが持つことのできる、カッコ良くて特別な物体だったのです。

もちろん私も、マイクに憧《あこが》れました。カバヤのジューシーや、明治のマーブルチョコレートの、細長い円筒形のパッケージをマイクのつもりで握りしめ、歌真似《うたまね》に励んだ子供は、私だけではなかったことでしょう。

そこに突如として出現したのが、カラオケだったのです。一般人が、本物のマイクを持つことができる日が来るなんて……！　世の中のマイク好き達は、そう思って有頂天になったはずです。だから、カラオケで「歌う」という行為が気持ちよかったという理由の他に、「マイク」という憧れのブツを握りしめることができるのが嬉《うれ》しくて、ついつい離すことができなかった人も、いたのではないか。

その後も人気は衰えず、一時のブームというよりすっかり娯楽として定着した、カラオケ。かつてはマイクを握るだけで興奮していた人も、「マイクなんていつでも握れる」と、すっかり落ち着いてきました。

ハナからマイクに対する憧れなど微塵《みじん》も持っていない世代も、います。今の若者達にとってカラオケは、生まれた時から存在している当たり前のもの。ごく小さなうちから、家族でカラオケボックスに行ったりもしている。そんな彼等にとってマイクなど、ちっとも珍しいものではありません。マイクの有り難みは薄れてきたのです。

「カラオケ成熟期」の今、カラオケ勢力図を見てみると、若い人達はカラオケボックスで、そして中年以降の人達はカラオケのあるバーやスナック等の飲食店において歌う、という二極化が起こっていることに気づきます。そして、それぞれにおけるマナーというのも、違ってくるらしいのですが……。

①カラオケボックスにて

カラオケボックスというのは、コミュニケーションをとるために作られた場所ではありません。もちろん、若いカップルが個室の中でいちゃいちゃする、というコミュニケーションをとることもありますが、多くの場合、純粋に「ひたすらカラオケを歌う」という目的のもとに、参集しているのです。

ですからカラオケボックスの中には、ある意味でさわやかな空気が流れています。飲み物を飲んだり、時にはおしゃべりをしたりもするけれど、主目的は「カラオケ」でしかない。その単純さはまるで、スポーツの練習場のようでもある。

　この「限りなくスポーツに近いカラオケ」をする時に存在するのは、「マナー」というより、「ルール」です。カラオケボックスの料金体系というのは時間制ですから、曲と曲との間のつなぎ時間を最小限にして、限られた時間でなるべくたくさんの歌を歌わなくてはならない。ということは、他人が歌っている間に、自分が歌いたい曲を探し、登録しておかなくてはならないのです。

　当然、「聴く」という行為は、おろそかになってきます。誰かが歌っている時も、他の人は歌のメニューブックをひたすらめくり、自分が歌いたい歌を探している。気心の知れた仲間であれば、曲が終った後の拍手も無し。集団で自慰行為をしているようでもありますが、虚礼廃止の場と言うこともできます。

　だから仲間が自分の歌を聴かずにメニューブックばかり見ているからといって怒るのは、カラオケボックスにおいてはマナー違反ですし、だいたいその手の人はボックスには来ない。カラオケボックスの中というのは、大勢でテニスの壁打ちをやっている現場のようなものなのですから。

　カラオケボックスにおいては、自分の面倒は自分でみなくてはなりません。カラオケはスポーツのよう、と言っても、それは団体スポーツではなく、個人戦です。曲の登録、歌いだしてからのキーやリズムの調節など、すべてを自分の責任のもとに行なうことができなくては、本当に楽しむことはできない。

間違って自分がうろおぼえの曲を入れてしまった時は、

「ごめん、これサビしか知らない曲だった」

と潔《いさぎよ》く認め、「演奏中止」のボタンを押して次の人に順番を譲らなくてはなりません。スポーツ選手たるもの、退き際《ひぎわ》が重要なのです。

カラオケボックスにおいては、妙なカマトトぶりも、非難の対象となります。たとえば、カラオケが好きではない人。もちろん、嫌いなものを無理に好きになる必要はないわけですが、カラオケボックスに足を踏み入れておきながら、

「あたし、カラオケってあんまり好きじゃないのよね。歌ったことだって今まで二回くらいしかないし。どうぞどうぞ、アタシは聴いてるからみんな歌って」

などとアンニュイぶっていると、周囲の不評を買います。「それなら来るなよ」と言いたくなるわけですね。

「えっ、えっ、アタシ、歌えなーい」

などと歌う前にさんざゴネる人も、イラつかれます。昔だったら「世間知らずのお嬢さ

ん」と珍重されたかもしれませんが、今となっては「意味の無い躊躇《ちゅうちょ》で時間を無駄にする人」としか見られないのです。

店員さんの態度も、カラオケボックスとカラオケバーとでは、違ってきます。カラオケボックスにおいては、客と従業員の関係は淡泊であればあるほど、よしとされます。ガンガン歌っている時に、店員さんがガチャッとドアを開けて飲み物を運んできたりすると、マイクを握りしめている本人はちょっと恥ずかしいものです。が、店員さんはあくまで関心なさげに振る舞う。

それは、彼等が無愛想だから、ではありません。彼等は「マナーとしての無愛想」に徹しているのです。店員さんはホステスさんではないので、拍手もデュエットもお愛想も、求められていない。飲み物を運び、

「お時間、あと五分になってますけどー」

というお知らせを入れるという店員機能だけをこなすことが望まれており、だからこそ私達は、アカの他人である店員さんに歌を聴かれても、そう意識せずにいることができる。てなわけで、カラオケボックスに情緒は不要。喉《のど》が嗄《か》れるほどに歌いまくり、サッパリした気持ちで帰りたいものです。

②カラオケバーにて

バーやスナックというのは本来、カラオケを歌うために存在する場所ではありませんでした。そもそもはお酒を飲み、仲間との会話、そして店の人達との会話を楽しむために存在している場所、つまりは他人とのコミュニケーションを楽しむための場所なのです。

しかしそこには、カラオケがある。カラオケというのはある意味でコミュニケーションを分断する道具なのに、コミュニケーションを楽しむための場に存在するという、この矛盾。そして人はカラオケバーの中において、カラオケを歌い、他人の歌を聴き、仲間と話し、ママにも愛想を言う……という複雑な作業を、酔っぱらいながらこなさなくてはならないという宿命を負ったのです。

カラオケバーにおいては、仲間以外の人々との距離のとりかたにも、気を遣わなくてはなりません。他のグループのお客さんが歌っている時、その歌を全く無視するのは、その店が小さければ小さいほど、失礼になります。どんなに下手《へた》であろうとせめて拍手くらいは送るのが、大人の礼儀っちゅうもの。

若者にとっては馬鹿馬鹿しく見えるこの虚礼も、しかし大人の間では重要なこと。他人の歌にもエールを送る代償として、自分のさほど上手《うま》くない歌をも聴いてもらう。そんな取り引きをすることによって感じる心の交流がまた、嫌ではなかったりする。……というカラオケ情緒をも、若者は理解してあげてほしいものです。

この手の店においては、あまりに歌が上手すぎる人、というのは、かえって迷惑な存在となることがあります。歌が上手い人というのは、自分の演出方法をよく心得ています。最初のうちは、あまり「俺が俺が」と、歌いたがらない。まずは会社の部下の若者や、自分より下手な人にどんどん歌わせるのです。

そして、下手な歌が続いて店の空気がダレ始めてきた頃合を見計らって、満を持して登場するのです。

当然、その人は満座の注目を集めます。余裕があるので、ちょっとリズムを外した歌い方なども、披露してしまう。他のテーブルから、称賛の声すら聞こえ、大きな拍手で歌が終る。

が、しかし。その後、店の中は妙に盛り下がるのです。「あんなにお上手に歌われちゃあねぇ……」と、他の客は鼻白《はなじろ》む。そして「アンタ、この程度の店でそこまで上手に歌うっつーのは、ちょっと大人げないんじゃないの？」という視線で他の客に見られてしまうのです。

歌の上手い人はその視線に気づいてか気づかずか、

「あれっ、誰も歌わないの？　それじゃ、歌ってもいいかな……」

と、得意顔でもう一曲。高所に立つ人間の鈍感さと残酷さを感じる一瞬、なのでした。

……というわけで、年代によって異なるカラオケの使い方。それは、近所付き合いの在り方とも、似ています。カラオケボックスへ行く若者達は、隣の部屋や店員さんのことなど何も気にせず、ひたすら自分達、否、自分の歌のことだけを考える。同じマンションに住む隣人に、挨拶《あいさつ》すらしないように。

対して中年以降の人達は、カラオケバーにおいて、向こう三軒両隣の客の歌にも気を配り耳を傾け、その行動に疲れながらも、あくまで友好的な空気を作ろうとする。

どちらが良いと言うことはできないわけですが、これからはますます、前者のドライなカラオケが増えていくことが予想されます。カラオケって、案外と孤独な遊びなのです。

正月に夫の実家に行きますか？

——husband's hometown

結婚をした女性が初めてのお正月を迎える時、誰もが〝ああ、アタシは本当にもう独身ではないのだ！〟と強く実感するそうです。

独身時代のお正月は、炬燵《こたつ》に入ってひたすら寝っ転がっていればよかった。一年のうちで最ものんびりした時間だったのです。

しかしいったん結婚してしまうと、お正月は一年のうちで最も心も身体も休まらない時期となります。なぜなら、夫の実家に行かなくてはならないから。〝なぜ年明け早々、こんなに面倒なことをせねばならんのだ〟という若妻達の苦悩の声が、聞こえてきます。

そこで今回は、様々な立場にある妻を例にとり、「若妻が正月にとるべき態度」について、考えてみましょう。

①働く嫁の場合

結婚しても働き続ける妻にとって、正月問題は深刻です。妻達は普段、仕事をしながら家事もこなし、多忙な日々を送っています。心の底から切実に、〝正月くらいはゆっくりしたい〟と思っている。そんな年末、夜の十一時にかかってくる、夫の母親からの電話。

「あら礼子さん？　遅くにごめんなさいねぇ。いや礼子さんってばいつも忙しいから、これくらいの時間じゃないとつかまらないと思ってぇ」

と、のっけからイヤミ混じり。義母の声を聞いた瞬間、礼子さんの頭の中では素早い計算がなされています。〝正月に来いって言いたいに違いない。そしたら何て答えるか？「行く」なんて約束してしまったら向こうも期待する。今は、濁しておくのが一番だ！〟と。案の定、姑《しゅうとめ》は、

「ところで礼子さん、お正月はどうするの？」

と言ってきました。この「どうするの？」の意味は、当然のように「ウチに来るんでしょうね」という意味を持っています。礼子さんは、普段仕事の時に出すようなドスのきいた声を出さないように努力しつつ、「もちろんそちらにうかがいたいですけれど、もしか

すると忙しいかもしれなくって……」などと受け答え。正月に忙しいわけはないのですが、そう言うしかないのです。

……結局礼子さんは元日の夕方、都内にある夫の実家へ、夫婦で行くハメになりました。気がついてみたら過去一年、夫の実家を訪ねたのはお正月だけ。さすがの礼子さんも気が咎《とが》め、〝正月くらいは我慢すっか〟ということになったのです。

ではここで、夫の実家における礼子さんのとるべき態度について、考えてみましょう。

・理想的な手土産

普段の無沙汰《ぶさた》を妻の経済力でフォローすべく、手土産《てみやげ》には力を入れる。元日の夜にスキヤキやしゃぶしゃぶ等の鍋《なべ》を囲んで一家の団結を確かめたいという家庭の場合は、高級（といってもあまり高級すぎるとイヤミな感じもするので、中の上クラス）牛肉。柔らかい果物も、老夫婦向き。「おせちばっかり食べている時にパンっていうのも、いいですよオ」と、三十一日に並んで買っておいた有名パン店のパンを持っていくという手もあるが、自分ではすっごく気の利いた手土産だと思っても、老夫婦には全く通じず、〝なんで正月にパンみたいな安物をわざわざ……？〟と思われてしまう可能性もあるので、注意したい。

・理想的な滞在時間

五時間。午後五時に来て、午後十時にはおいとまする。さらに短縮バージョンを望む人には、午前十一時に来て午後三時には帰るという昼の四時間コースもアリ。

夜のコースの場合、「泊まっていきなさい」という執拗《しつよう》な誘いからいかにして逃げるかが問題である。従って、夫婦ともども飲酒は控えるべき。飲みすぎると、「そんなに飲んでたら車で帰るのは危ない」と引き止められてしまうからである。本当は飲めても「飲めないんですぅ」で通すのがポイント。

昼のコースを選択した場合、三時台には必ずおいとますることが大切。四時台に突入すると外も次第に暗くなり、「夕食も食べてらっしゃいよ」という雰囲気になってしまう。そうなったら「泊まってらっしゃいよ」となるのは目に見えている。甘い気持ちは出さず、サクサク帰ること。しかし、普段の生活においても姑に対してのこまめなフォローがないと、昼のみで済ませることは難しい。

②地方出身の夫を持つ専業主婦の嫁の場合

これもやはり、十二月のある日の電話から、コトは始まります。この場合義母は、「お正月はどうするの？」などと相手の意向をうかがうことはしません。

「あっ、裕美さん？　年末の切符、取れたから送るわね。椎茸《しいたけ》も一緒に送ったから」

となるのです。故郷を離れた者が盆暮れに田舎《いなか》に戻るということは、夫の母親にとっては当然中の当然のこと。何の疑いも持たずに、毎年故郷までの切符を送ってくれるのです。有無を言わさぬ攻撃に裕美さんは、

「あっ、ありがとうございますぅ……」

と答えるしかありません。そんな裕美さんは、夫の実家でどう過ごすべきなのか？

・理想的な手土産

この場合重要となってくるのは、質より量。田舎の場合は、「ウチの嫁が東京から戻ってきました」と親戚《しんせき》縁者、隣近所にまで土産を配るので、お土産が二十個くらい必要だったりする。「東京でしか買えないオシャレなものを」などと必死に港区でベルギー製のチョコレートを買っても、相手がその価値を知らずばその辺のスーパーで買うチョコレートと同じ。物は何であっても、必要な数だけは絶対に揃《そろ》え、出発前にダンボールにつめてあらかじめ宅配便で送っておくこと。

実家に対しては、無難に羊羹《ようかん》などの和菓子を持参。地方まで出向くので肉や果物はもともと無理だが、そんなものは地方で食べる方がよっぽど安くておいしかったりもするからである。義母に対して、ちょっとシャレたスカーフ等を添えてみるのも、また一興。

・理想的な滞在時間

(a)遠距離の場合

飛行機を使用する距離に夫の実家がある場合、三日間の滞在で済ませることは許されない。特に、田舎の人にとっては正月よりも重要な場合もあるお盆に「海外に行くから」などと帰省しない場合は、「年に一回くらい、ゆっくりしていきんさい」ということで、十二月三十日からの五日間コースとなる。

こうなってしまったら、割り切ることが大切。気を遣って働きすぎると、そのうちにブチ切れてしまう。働き者の義母と同じように働こうとしても、しょせん無理。義母が台所に立っていても、気にせず炬燵でくつろぐ度胸が欲しい。気のいいお義母さんであれば、〃今時《いまどき》の娘っていうのは、こういうモンなのだなぁ〃と思ってくれる可能性がなくはない。

その代わり、好意には素直に甘えること。出されたものはおいしそうに食べる。くれると言うものはもらう。特に妊娠などすると、ものすごいセンスのマタニティウェアをプレゼントされたりもするが、それも嬉々《きき》として着こなすことが、「態度はデカいが根は素直な都会から来た嫁」になる秘訣《ひけつ》。

(b)近距離の場合

三日間。鉄道もしくは自家用車で行く距離の場合、実家側の〃ゆっくりしていきなさい〟と嫁の〝できるだけ早く帰りたい〟という気持ちのせめぎ合いの結果、三日間で話がつく。しかしこの三日間は、ある意味で五日間コースよりもつらい。「三日しかいないのだから」と、姑は嫁に様々なことを体験させようとする。夫の実家に慣れる暇もなく、グッタリと疲れておいとまする嫁であった。

③「家庭画報」を読む姑を持つ専業主婦の嫁の場合

十二月の一本の電話。

「道子さん？　もうすぐ年の瀬ね。一緒におせち、作りましょうね」

と、柔らかな声ながら「NO」とは言わせない言い回しは、もちろん義母のもの。

義母は、「家庭画報」の一月号に必ずのように掲載される、「旧家・名家のお正月」といった特集グラビアを熟読しています。着物姿の名家の女性達の写真の横に「一家の女性は年末から揃っておせち作り」といった文章が添えてある記事に、影響されている。義母は「姑と嫁が仲良く伝統を守り継ぐ」といった幻影を抱いてしまっているのです。

やっかいなことに義母は、料理自慢でもあります。〝手間かけるところはかけて、手早いところは手早く、こんな料理上手なワタシ〟を、嫁（及びその裏に存在する嫁の母親）に対して見せつけたい。道子さんはおせちばかりでなく、「手製のローストビーフ」「お口直しのさっぱり浅漬け」みたいなものまで作らされ、小林カツ代に拉致《らち》された気分です。

さて道子さんはそんな手強《てごわ》い義母に、どう対処したらいいのか……？

・理想的な手土産

グルメな義母であるが故《ゆえ》、変な菓子では誤魔化《ごまか》されない。キオスクで売っていたカステラなど論外。しかし「オーボンヴューータンの焼き菓子」などを買って持っていくとその価値を理解して喜んでくれる義母なので、努力のしがいはある。

また下手《へた》に気取ることなく、「父方の田舎から送ってきた、まだ泥がついてる無農薬の野菜」といったものも、義母の〝料理上手なワタシ〟心をくすぐる。

・理想的な滞在時間

三日間。「おせちを一緒に作る」ということは、「年末から泊まりこみ」ということを意味する。それも、煮物など手がかかることを考えると十二月三十日からの宿泊が求められる。合宿と思って我慢するしかないが、その分新年になったら素早くおいとましたい。元日の朝に「おめでとう」を言って近所の神社へ初詣《はつもうで》、戻ってきて軽いお昼を食べたら、

「それじゃあ私達はそろそろ……」

と、フェイド・アウト。

ただし「家庭画報」系の母親を持つ男性は、実家及び母親の手作り料理が大好きだった

りするので、気を抜くと滞在が長引きがち。年末から「元日の午後には絶対に帰る」と夫に対して言い含めておくことが重要である。この辺のネゴシエイションが上手《うま》くいっていないと問題がこじれ、下手をすると家庭不和にまで発展する可能性があるので、要注意。

……ということで、それぞれの立場によって、対処すべき方法も変わってくるようです。しかしどの家にも共通していることがあります。老夫婦にとっての正月は、子供世代にとっての正月よりずっと重要で、意味あるものである、ということ。正月に子や孫が家にやってくるか否かは、老夫婦にとっては「自分の人生が、良い人生であったか否か」を判定する基準ともなるのです。和気あいあいと皆でおせちをつまむ姿を見ることによって、彼等は〝自分は、これだけのものを世に残すことができた。次世代を作ることができたのだ〟という達成感にひたることができるのでしょう。やたらと記念写真を撮りたがるのは、〝この実績を形に残しておきたい〟という気持ちの表われと思われます。

しかし若夫婦、特に他家から来た嫁にとってそんな感慨は現実的ではない。嫁達は口々に言います。「お義父さんもお義母さんも、悪い人じゃあないんだけどねぇ……」と。悪い人ではないのだけれど、面倒臭すぎる。ウチの実家の方がずっと楽しいのに……。

「ウチの実家」は、他人にとっては他人の家。自分にとって実家が楽しいからといって、他人にとっても楽しいわけではない。思いやりを持ちつつその辺をも理解して、誰にとっても楽しいお正月を過ごしたいものですねっ。

車の助手席で眠れますか？

——car

私は、運転免許は持っているものの運転はしない、いわゆるペーパードライバーです。免許を取りたてのある雨の夜、代官山《だいかんやま》の路上にて知人の車を運転していた時、後ろから思いっきりクラクションを鳴らされてビビりまくり、その瞬間〝ああ、私はおそらく一生、助手席人生を歩むべき運命にあるのだ！〟という天啓を受けたのです。

この助手席人生、一般には「ただ助手席に座っていればいいだけ」と、とてもラクなものに思われがちです。が、実際に歩んでみてわかることですが、それは大きな誤解なのです。

運転する人が運転マナーを守らなければならないように、助手席人生を選んだ人は、助手席マナーを守らなければならない。別にそれは法律で定められていることではないけれど、守ると守らないとでは、助手席人生の方向も変わってこようというもの。世の「助手席者」達は、ただ漫然と助手席に座っているわけでは、ないのです。

他の様々なマナーにしても同様ですが、助手席マナーも、「習うより慣れろ」、つまりは「助手席人生経験」を積むほどに、理解と習熟の度合いが深まっていくものです。

ここで重要なのは、まず最初にどんなドライバーに出会うか、ということ。初めて付き合った彼が妙に封建的な人で、

「女は車の中で足を組んではいけない！」

なんて言われると、その人は車の中で常に居住まいを正すようになるでしょうし、また大昔、ちょっとヤンキー入ってる車好きと付き合ってしまい、

「この車、土禁で禁煙だからさぁ」

なんて言われたことがあって、他の人の車に乗る時につい、靴を脱ごうとしてしまったことがある人も、いるのではないか。

私の場合、最初にたたき込まれたのが「挨拶《あいさつ》」でした。車と挨拶にどのような関係が？と思われるかもしれません。が、それは私の大学時代。体育会のクラブに所属した私はまず、

「試合や合宿の移動の時など、先輩の車に乗せてもらう時は必ず、出発前は『よろしくお

願いします！』、そして到着時は『どうもありがとうございました！』と大きな声で言うこと！」

と、教え込まれたのですね。そして私は、車に乗る時は「よろしくお願いします！」、降りる時は「ありがとうございました！」と、叫び続けた。

三つ子の魂、百まで。以来、私は他人の車に乗せてもらう時、どうしても挨拶をしないではいられないのです。何時《いつ》であっても、挨拶をするのは良いことでしょう。しかしたとえば初めての相手とデートをする時など、助手席側のドアを開けてもらい、エスコートされて座った瞬間に、

「よろしくお願いします！」

なんつって叫ばれたりすると、相手は、

「ど……どうしたの？」

とギョッとするらしい。

大学時代、同じクラブに所属して車を所持していた友人は、

「別に期待してるわけじゃないんだけどさぁ、今でも誰かを車に乗せてあげる時とか、相手が無言だとつい『挨拶はどうしたーッ！』とか、思っちゃうのよね……」

と言っておりました。まぁ、挨拶は邪魔になるものではない。乗せていただく身として

は、多少異様に思われようとも、元気に挨拶しておいた方が、いいのかもしれません。
もちろん、何事も挨拶だけしておけばいいというものでもありません。本当に肝心なのは、挨拶の後の態度です。そこで最も気をつけなくてはならないのは、「寝ない」ということでしょう。

これは、助手席マナーとしては最も基本的でシンプルでありながら、最も大切で困難なことです。前述の体育会時代、当然ながら運転している先輩の横で眠るのはご法度《はっと》でした。しかし東京から野尻湖《のじりこ》、といったロングドライブの最中は、どうしても眠くなってしまう。ただでさえ眠気に対する耐性が人並み外れて低い私は、どうしたら眠らずにいられるか、必死に考えました。

ガムやミントキャンディーなど、「ドライブのお供」をたくさん用意するのは、基本中の基本です。しかし真の眠気の前で、ちょっとやそっとのミントなど何の役にも立たない、ということは、すぐにわかる。

次に私が求めたのは、痛みによる覚醒《かくせい》、でした。後年、会社員になってからも、暇な会議中によく同じ手を使ったものですが、腕の内側やフトモモといった柔らかくて人目につきにくい部分を思いきりつねったり、爪《つめ》を食い込ませたり、流血しない程度に安全ピンで刺してみたり。一人SM行為によって、睡魔を撃退しようとしたのです。

しかしそんな刺激も、あくまで一時的なものでしかない。眠気に最も効果的なのは実は「会話」です。元来が無口で眠気に弱い、という私は、車の中に沈黙が訪れるのが、本当に恐かった。気が狂いそうに眠い中、

「何か喋《しゃべ》れ」

などと言われると〝起きていなくちゃ！　喋らなくちゃ！〟というあせりのあまり、ますます話題が見つからずに、パニック状態に。

そんな時は、無責任のようですが、他人を頼りにするしか、方法はありません。ロングドライブの時は、自分から話すなどという無茶はせず、最初から〝メンツを揃《そろ》える〟ことを考えた方がいいのです。

ロングドライブにおいて望まれる人材というのは、なるべく多弁で話題が豊富、それも面白いことを言うことができる人。で、ひたすら会話をつなげてもらう。いよいよネタが尽きてきても、山手線ゲームであろうとエッチしりとりであろうと、とにかく刀折れ矢尽きるまで、声だけは出し続けてくれるような人が、理想です。

たとえば大勢でキャンプに行く、などという時は、その手の人と一緒の車に乗ることによって、本来なら助手席者が負わなくてはならない責任を、肩代わりしてもらうことができる。しかしやはりその手の人というのは人気者ですから、みんなが狙《ねら》っているもの。早

目に根回しをして自分と同じ車に乗るという確約をとりつけておくことが、大切でしょう。

運転をする人の中には、

「気にしないで寝て下さいね」

と、助手席や後部座席に座る者に言って下さる方も、います。ありがたや、と涙が出そうにもなります。

が、しかし。この言葉も、鵜呑《うの》みにしてはなりません。運転する人も、京都における「ぶぶづけでもいかがどすか」的意味合いで、つまり「いくら寝ていいって言ったからって……まさか本当に寝るんじゃねぇだろうな」という意味を込めて、言っている場合も、ある。

それなのに、

「あっ、どうもすいませんねぇ」

と助手席で爆睡、などしてしまった日には、それはまさに京都でぶぶづけ喰《く》った人。「言葉の裏を読むということを全くしない、図々《ずうずう》しい人」として、運転する人の心に一生、刻まれることでしょう。

特にゴルフやスキーなどのレジャー帰りの車中では、気をつけなくてはなりません。いくら運転する人が、

「大丈夫、大丈夫。本当に寝てなよ」

と言ってくれても、その人だって早朝に起きて、さんざ運動した後の運転なのです。卒倒しそうに眠いであろうことは、間違いない。渋滞でちょっと車が停《と》まった瞬間、目がふっと閉じられていたりもします。

となると、助手席の人間が起きているか寝ているかがまさに、生死の分かれ目になるのです。運転する人が眠りそうになって、助手席の人も眠りそうになっても、助手席の者は死にもの狂いで叫んだり歌ったりアメを手渡したりと、何とか蘇生《そせい》させる。

「眠るなーっ。眠ったら死ぬぞーッ」

という声は、自分自身にかける声、でもあるのですね。

眠らずにいさえすれば、あとは助手席で何をしようと大丈夫、のようなものですが。一つだけ気をつけなくてはならないことも、あります。それは、「下手《へた》な口出しをしない」ということ。

地図を眺めて、

「次、左ね」

などと指示を出すことは助手席に座る者の重要な役割です。しかし地図上に記してあること以外で、運転する人に対して指図などしてしまうと、その人のプライドを著しく傷つけ、車内のムードを陰鬱《いんうつ》なものにしてしまうことがあります。

たとえば、駐車問題。目的地のそばに適当な駐車場がなく、付近をグルグル回ってしまうことが、よくあります。その時、助手席に座る者としては、いくらイライラするからといって、

「その辺の路上に停めちゃえばいいじゃんよー」

などと言っては、なりません。

運転する人は、それぞれ独自の「駐車ポリシー」のようなものを、持っています。目的地から多少離れようと、絶対にちゃんとした駐車場にいれたい、とか。反対に、駐車場代など馬鹿馬鹿しいから、できるだけ路上に停めたい、とか。

助手席に座る者としては、そのポリシーのあまりの強固さに、「路駐くらいでビビッてんじゃねぇよ」とか「駐車場代をケチるなんて、セコい奴《やつ》だな」などとつい、思ってしまうわけですが。思ってもいいから、それを態度や言葉で表わしてはならないのですね。

運転する人にとって駐車問題は、非常にデリケートで、かつその人の精神の安定にすら関わってくることなのです。車の持ち主でもない者が、

「どこでもいいから早く停めてよー」

なんてことは、決して言ってはならないのです。

同じように助手席に座る者は、運転する者の運転技術や道の選び方に文句をつける立場では、ありません。船においては船長に全ての決定権がありますが、車においては運転者が船長のようなもの。船長に対して不審を抱くのであれば、その程度の船長を選んでしまった自分の責任を、問うてみるべきなのでしょう。

そんな助手席人生も、長年続けていると、気を遣わなくてもいい時が、くるようです。渋滞中、色々な他の車の中を見てみれば、若いカップルの場合は「助手席睡眠率」が著しく低いのですが、夫婦、それも年配になってくればくるほど、率は大幅にアップ。さらには、靴を脱いだ脚を投げ出して化粧をするとか、すごい状態になっている人もいます。マナーを習熟しきった人の余裕の技なのか、とも思ってはみるものの……。

「親しき中にも礼儀あり」という格言はよく知っているつもりでいるけれど。そんな光景を目にする度に、同じ人を相手にマナーを守り続けることの難しさを、痛感するのでした。

立ち読みする時、リュックを下ろしますか？

——bookstore

本屋さんに入ろうとして、いつも気になること。それは、ちょっと大きめの本屋さんの入り口付近によくいる、

「図書券が当たる抽選会でーす」

とか、

「英会話教材のご紹介でーす」

と叫ぶ人々の存在です。

私がよく行く神保町《じんぼうちょう》の本屋さんでは、その手の勧誘のお姉さんが常に入って右側に立って待ち構えています。その人達の前を通ると、話しかけられたりパンフレットを渡され

そうになったりして、それを断るのがとても面倒臭い。だから本当は右側にある書棚を見たいのに、左側から大回りして行かなければならないのです。あの手の人達がいなければずいぶん本屋さんに行くのも気がラクになるのに、といつも思います。

中には、その手の人達に声をかけられてひっかかる、と言っては言葉が悪いですが、ちゃんと話をしているお客さんも、います。

「英会話に興味をお持ちじゃないですか？」

と問うセールスレディに、

「そうだね、海外旅行した時は話せればいいなと思うけど……。でも私は娘がアメリカに留学していたもので、娘と一緒の時は通訳してもらえるんでそんなには困らないんですけどね。でも最近は家内が足が弱ってきたものだからそうそう旅行もできなくて……」

などと、とうとうと身の上話をしている人の顔を見れば、それはおじいさん。セールスレディは、その話に真剣にあいづちを打っており、その姿を横目で見ながら〝なんだかなあ……〟と思う、私。

そう、できれば本屋さんでは、他のことに気を遣わずに、ゆっくりと本選びを楽しみたいのです。その場所は、静かで落ち着いたムードであってほしい。

そう思う「本屋好き」の人達の間には、本屋さん独特の無言のルールが存在しています。

たとえば、リュックを背負っている場合は下ろして手で持つ、ということは言わずもがな、でしょう。本当なら、リュックを背負っていても、ゆうゆうと背後を人が通れるくらいに広い本屋さんが望ましいのですが、日本においてそれは無理。特に、置いてある本の数が多ければ多いほど、棚と棚の間隔は狭まってしまいます。

リュックというのは便利なもので、特に本のような重いものを入れるには最適のカバンではあります。しかし狭い場所においてはそれが異様に邪魔になり、満員電車の中で荷物が詰まったリュックを押しつけられると、持ち主に対する憤りがフツフツとわいてきて、リュックごと爆破したくなってきます。

本屋さんにおいてもそれは同じです。リュックを背負っている本人には実はちっとも悪気はないのですが、リュックに邪魔されて歩けなくなっている者からすると、その人は極悪人。「テメェがやってることがわからないのならわからせてやる」とばかりに、わざとリュックにグイグイと当たりながら、うしろを通る。

リュックを背負う人は、自分が悪いことをしているとはちっとも思っていないので、「なんでこの人に罪もないオレをグイグイ押すのだ。失敬だなあ」ということになり、静かな本屋さんの中で静かな憎み合いが行なわれることになるのです。

本屋さんにおいては、全てが無言で進行します。読書というのは非常に個人的な問題で

す。洋服を選ぶ時は、

「このセーター、私に似合うかしら？」

「あら、いいじゃない」

と言ってくれる友人の存在は有り難いものの、本選びばっかりは、

「この本、私に合うかしら？」

と、他人に聞いてもしょうがない。だから本屋さんというのは、一人で来る人がどうしても多くなる。

たくさんの他人同士が無言でいる空間、という意味で、本屋さんは電車の中と似ています。混んでいる電車の中では、ドア付近に立っている人は、ドアが開いたらいったんホームに降りるとか、駅でたくさん人が乗ってきたら立っている人はもっと奥に行くとか、「満員電車内での呼吸」があるように、本屋さんにおいても本屋さんでなりのやり方が、あるのです。

たとえば、自分がある本棚を眺めているとする。そこにもう一人、お客さんがやってくる。その人が自分より一メートル以上離れている場合は特に気になりませんが、さほど混んでいない店内で一メートル以内の距離に人が立った時、私達は何となく〝あっ、この人も私が見ている本棚を見たいのだな〟と感じるものです。

そんな時は、あまりその本棚の前に長居をせず、適当なタイミングで場所を移動します。するとスッと隣に立っていた人が、今まで自分が立っていた場所に入ってくる。それがうまくいくと、相手と気持ちを合わせることができたような気がして、ちょっと嬉《うれ》しい。ちょうど、道路を車で走っていて、タイミングよく合流に成功した時のような感じでしょうか。

また混んでいる店内で、立ち読みをしている人がずらっと横並びしているような時も、他人と呼吸を合わせる必要があります。目の前に置いてあった本の立ち読みが終り、そろそろ横移動をしたい、と思っている時に、隣に立っていた人もパタンと本を閉じる。すると両者の間では、お互いの手の動きや視線の位置などを素早く総合的に判断し、〝じゃっ、お互い位置を入れ替わりましょうか〟という意思の疎通が行なわれるのです。

次の瞬間、まるでフォークダンスを踊っているようにお互いが一歩ずつ移動をし、スムーズに位置の交換がされる。まさに、あうんの呼吸であり、立ち読みをしながらも、そこはかとない満足感を得ることができます。

反対に、こちらが本を棚に戻したり、あからさまに横の方の本を見たりして〝そろそろ横に移動したいナー〟というサインを図々《ずうずう》しいくらいに出しているのに、隣の人が全く気づかない時は、イラつくものです。別に、誰がどれだけ立ち読みをしようと私には何の関係も無いことですが、石のように固まって立ち読みを続ける人を見ると、〝おめぇ、ちょっとは気を遣えよ〟と言いたくなってしまう。

気のせいかもしれませんが、その手の人は比較的年齢が若く、ちょっと太り気味でダサ目の服装、銀ブチ眼鏡で肌にはニキビという、いわゆるおたく系の人が多いように思うんですけれど。しょうがないので店内をゆっくりと一回りしてからまた戻ってきても、まーだ同じポーズで読み続けていたりするのです。意思の疎通をこちらは望んでいても、相手はハナからそんなものを受け入れるつもりがないことがわかってしまい、〝……ったく最近のおたくは……〟と、ちょっと寂しくその場を去るのでした。

昔、『恋におちて』というメリル・ストリープ主演の不倫映画がありました。その中で主役の男女は、本屋さんですれ違うことがきっかけとなって、後に恋におちることになります。私はその映画が割と好きだったので、本屋さんに行くとつい、〝どこかに格好いい男の人は……〟と、さり気なく見回してしまいます。

しかし、本当に本屋さんの中って、格好いい男性っていないものですね。〝あーあ、本好きで、なおかつかっちょいい人なんてこの世にいないのかしらん〟と思いつつ、ちょっと知的ぶって、小難しい本など手にとってしまう私。

おそらく男性の方も、〝しかし本当に本屋にはきれいな女がいねぇな〟と思っているのでしょう。美しい男女が本屋さんですれ違うのは、映画の中のお話でしかないということが、よーくわかります。ま、本屋で男性が美女とばかりすれ違っていたら、世の中の家庭はほとんど崩壊してしまうので、我慢してほしいものだとは思いますが。

というわけで、自分のことは棚に上げて〝いい男(もしくは女)いいねぇな〟と思いながら本を選ぶ人もいれば、周囲のことなど目に入らないくらい真剣に立ち読みをするおたく少年もおり。本屋さんの「無言」の中には、実はたくさんの意思とつぶやきとが、隠されているのでした。

「クラブ」に行ったことがありますか？

——*nightclub*

私が若い頃、「クラブ」と言えば銀座とか六本木の、きれいなお姉ちゃんがいる酒場、という意味だったのですが。今やクラブと言えば、西麻布《にしあざぶ》とか青山の、穴蔵のようなフロアで、若者が集って踊るところ、という意味となりました。まぁ、昔で言うところのディスコってやつですね。

銀座のクラブから、西麻布のクラブまで。幅広い夜遊びの世界においては、「遊び」の場であるからこそなおさら、気配りやマナーが必要となってくるようです。限られた予算内で効果的に遊ぶためにも、「夜のマナー」ってやつを、考えてみたいと思います。

①クラブにて〈飲酒系〉

飲酒を主目的としたクラブ、つまりは旧来の意味におけるクラブに欠かせない存在は、ホステスさんです。銀座の高級クラブから川口のキャバクラまで、その質は様々なわけですが、共通しているのは、「プロ」である、というところ。何のプロかと言えば、女のプロ、なわけですが。

最近のホステスはプロ意識が薄い、ということをよく銀座の高級クラブのベテランホステスさん達は、嘆いているようです。昔は、一流のホステスと言えば、客と話を合わせられるように各新聞はもちろん、経済誌や文芸誌まで読破していたものなのに、今時《いまどき》のコは……とか、昔はホステスと言ったら、必ず仕事前は美容院でセットしてもらったものなのに、今時のコは洗っただけのサラサラの髪で来る……とか。

しかし〝女〟性の表現の仕方は変わったとはいえ、彼女達があくまでプロである、ということには変わりない。クラブを「女のプロがいる店」と捉《とら》えた時、その場所に対する一番のルールとは、「アマチュアの女は行くな」ということではないか、と私は思うのです。

私自身も、立場的にはアマチュアのアマチュアの女、です。そしてたまに、クラブと名のつく場所に連れていってもらうことがある。美しいホステスさん達は、男性に対する態度と同じように優しく、私にもサービスをして下さいます。

ホステスさん達はプロなので、

「ホント、おじさんってつまんないんだから。女同士で話してる方が楽しいわ。ねえ？」

などと、とてもフレンドリーに、私に話しかけて下さいます。こちらとしては一瞬、

〝ああ、私がここに居てもいいのだ〟と、ホッとする。しかしよく考えてみれば、それはプロであれば誰しもが口にする、思いやりの言葉なのです。

プロの女性達は、髪型も服装もそして態度も、女としての臨戦態勢をもって、夜のクラブに存在しています。そこにアマチュア女が男性に連れられてフラフラと行くということは、戦争の最前線にいる兵士のところに、「どうせすぐ帰るんだし」という物見遊山《ものみゆさん》気分の慰問団やジャーナリストが丸腰で行くようなもの、なのではないか。プロとアマ、女としての温度と湿度があまりにも異なる両者の間には、会話の上でいくら親し気にしたとしても、どうしても違和感が漂ってしまうのです。

女同士の間にある違和感だけではありません。下手《へた》にアマ女がクラブに足を踏み入れると、一緒に行った男性との間にも、違和感が生じることになります。

男性がなぜクラブに行くかと言えば、「女のプロ」に接したいから、です。ただお酒が飲みたいのであれば居酒屋へ行けばいいし、アマチュアの女でいいのなら、家で妻を相手に飲めばいい。そうでなくクラブに行くのは、気兼ねなくサービスを受けたり、甘えたり

したいから。

が、しかし。女のプロと男性との契約の場であるクラブという場に、アマチュアの女が一人でも存在すると、場の雰囲気は乱されるのです。男性はアマチュア女の視線を意識して甘えを手控えし、プロはいつも以上のプロ意識を発揮せねばならず、さらにアマチュア女はそれでもプロの女に甘えずにはいられないでいる男性を見て、その意外な一面に抵抗感を覚える……。

きれいにマニキュアの塗られた白い手でグラスを持つホステスさんの横で、マニキュアがはがれっ放しでササクレも放置してある手でウーロン茶を飲んでいるとつくづく、〝プロの土俵に、アマチュアが土足で上がったらいかんのだ……〟と感じるわけですが。もっとアマチュアとしての経験を積んで、トップアマの部類に入ることができたら、もう少し楽な気持ちでこの場にいられるのかもしれないな、とも思うのです。

②クラブにて〈踊り系〉

このクラブとは、西麻布なんかにあって、ＤＪが音楽をかけて、飲んだり踊ったりする、という場所のこと。

おそらく三十代以上の人は、その手の「クラブ」と聞くと、今風の若者達が何だかよくわからないことをやって乱れている場所、という印象を持っていることでしょう。私も、連れられて行ったことがあるだけですが。

するとそこでは、かつてのディスコと似たような光景を、見ることができたのです。踊る人は、踊る。ナンパする人は、ナンパする。踊りの上手《うま》い人と下手な人がいるというのも、いつの時代も変わらない。そして、いくら変な踊りをする人がいようと、誰にもそれを止める権利がないということも、同じ。

つまりクラブというのは、日常の世界よりずっと自由な、何でもアリの世界。ただ一つ掟《おきて》があるとしたら、「何でもある」ことにいちいち驚いたり、ジロジロ見たりするな、ということでしょうか。

時にはそこに有名人がいたり、ものすごく変な服装をしている人がいたり、誰彼かまわずキスしている人もいるでしょう。しかしそこは非日常の世界なのだから、日常の視線を持ち込んでは、いけないのです。

その禁を犯しがちなのは、やはりどうしても、年配者ということになります。「アタシってまだまだ若いしー。音楽なんかも、今のが好きだしー」と、三十過ぎの人が無防備にクラブへ行ってしまうと、新鮮で珍しい生きものばかりで、ついついつい見学気分に。もしくは、「私だって！」「俺だって！」とばかりに、ついつい張り切りすぎに。結果、自らが一番の「珍しい生きもの」になってしまっていることに、気づかなかったりするのです。いつまでも若い気持ちを持つことも、生きていく上で大切ではありますが。「若い気持ちでいたい」というエゴだけで、「若い場」の雰囲気を乱さないことも、大人にとっては必要な礼儀でありましょう。

③風俗店にて

世の中で一番、「割り切り」という言葉が似合う場所。それが、風俗店です。「お金のため」という割り切りができていない女性はそこで働いてはいけないし、「性欲処理のため」という割り切りができていない男性は、そこに遊びに行ってはいけない。

そんな場所に、私は愚かにもな—んの割り切りも持たずに、行ってしまったことがあるのです。

それは、とあるランパブ。学生時代のクラブの先輩達と久しぶりに集い、ひょんなことから「今からランパブに行こう!」ということになってしまったのでした。

そこに愛や恋といった感情が混じっている時、人は決して女性をランパブに誘うことはないでしょう。しかし何せ私は女と言っても体育会のクラブの後輩。たまたまちんちんがついていないだけ、という風に見なされています。

〝滅多《めった》に無い機会だしなぁ〟

と、私とやはり同じクラブだったもう一人の女性は、フラッとランパブに行ってしまったのです。

すると。店に入った途端、客の男性達（モテない君風の人、多し）の視線が、私達に突きささる。その目は明らかに、「なんでここに女が来るんだよ」と語っている。「ああ～、ごめんなさいごめんなさい……」と、心の中で謝る私。

やがて、ショータイムというのが、始まりました。座っている客一人に女の子一人がまたがってブラジャーを外し、目の前で乳を見せながら踊る、という趣向です。その間、どうやら客は乳を揉《も》んだりしてもいいらしい。

身の置き所が無いとは、まさにこのこと。にこにこしながら見守るものでも、ない。かといってあからさまに眉《まゆ》をしかめて見るのでは、女性にもお客さんにも、失礼だ。けれど驚いた顔をするのは、あまりにカマトト臭いし……。

ショータイムが終ると、私は心底ホッとしました。やがて私達のテーブルにも、ランジェリーに白いシャツをはおっただけの女の子達が、やってきます。皆、若くてスタイルが良い。中には、相当可愛《かわい》い子も、いるのです。

彼女達より確実に十歳は年上であろう私は、何とか失礼のないように会話をしようと、必死になりました。が、彼女達はぜんぜん、あっけらかんとしていた。

「客なんてぜーんぶ、イヤな男ばっかりっスよー」

とか、

「友達でソープやってる子とかもいるけどー、私なんかはまぁ、乳《チチ》揉まれるのが限界かなーって感じでアッハッハ」

とか。さらには、

「女の人、だーいすき。お姉さーん」

と、腕を組んで身体を擦り寄せたりも、してくるのです。そこには銀座のクラブのような緊張感は皆無の代わりに、あまりにもパッキリとした、割り切りがあった。割り切りが激しすぎて、かけらも湿り気というものが無いくらい。

そして私は、途方に暮れるしかありませんでした。「来てはいけない場所に来てしまった」。感想はただ、それのみ。クラブの先輩の上に彼女達がまたがっている姿を見ないで済むよう、次のショータイムが始まるまでに逃げるように帰ったわけですが。

「女は風俗店に行くべきではない」

という、当たり前すぎる教訓を得た、一夜だったのでした。

こうして見ると、夜遊びにおいて最も大切なのは「身の程に合った場所で遊ぶ」ということだけ、のような気がします。粋《いき》がってとか、興味本位とかで、自分向けでない場所に行っても、楽しむことはできない。それどころか、その場所で楽しんでいる人達のムードをも、ぶち壊しにしてしまう可能性も、ある。

適材適所、という言葉がこの場合、当てはまるかどうかはわかりませんが、上手に遊ぶにはまず己《おのれ》を知らなくてはならないのですね。……ってことは私の場合、夜になったら家で折紙でもしているのが、一番合っているということかなぁ。

あとがき

この本を書いてみて、わかったこと。それは、「マナーは変わる」ということ。ものすごい勢いで変化を続ける世の中で、マナーだけは昔から同じで通用する、というわけにはいかないのです。

たとえば、携帯電話。五、六年前、携帯電話というと何となく下品な感じがする物として認識されており、一緒に歩いている人が路上で取り出したりすると、

「恥ずかしいからやめてよ！」

と頼みたくなった。路上において携帯電話で話をするということは、完璧《かんぺき》にマナー違反だったのです。

しかし今、路上で携帯電話など、ごく普通の行為です。携帯電話の普及にともない、電話で話をしながら歩く人を見て、「恥ずかしい」とか「みっともない」と思う人は、激減しました。かつて、携帯電話が大嫌いだった私でさえ、今となっては〝そう目くじらたて

なくったって……。別に電車の中だろうと店の中だろうと、どこで話したっていいんじゃないの？〃などと、携帯電話所持者達を優しい目で見てしまうし。

これは、マナーが変化しているというよりも、私達が鈍化しているという方が、正しいのかもしれません。たとえば洋服の着方一つにしても、昔（といってもかなりの大昔だが）は着物しか着なかった私達日本人が、今となっては身体のありとあらゆる所を露出した洋服を身にまとい、男も女も下着を見せることを厭《いと》わず、そして肉体に穴を開けたりしている。いったんタガが弛《ゆる》みだすと、はずれるまで加速度をつけて弛むことはあれど、自然にマナーが向上する、ということはまずあり得ないのですね。

しかし、それでも私達人間は、マナーを捨てたわけではありません。前述の携帯電話にしてもカラオケにしても、人類にとって新しい道具が現われた時は、野放しにしないで自分達でマナーやルールを決めようとするのです。それはまるで、高校生が誰にも強制されないのに、生徒会をきちんと運営するよう。衣服にしても、女性であれば「乳首は見せない」というギリギリのところのマナー（なのだろうか？）は、まだ守られているし。

マナーもルールもお作法も、時には面倒臭く、うっとうしい存在ではあります。しかし根本のところでは、私達はそれらの存在を、心から必要としているのです。法律さえ守っていれば、何をやっても許される世の中。しかし何をやってもオッケーだからこそ、どう生きていいのか、わからなくなってしまう時も、ある。

そんな時、生きるための道しるべとなり得るのが、マナーなのではないかと思うのです。「マナー」と言われることを守っていれば、とりあえず他人から後ろ指を指されることはない。余計な軋轢《あつれき》を見ずに、暮らしていくことができるのです。

ですから、一見マナーなど関係ないように見える現代人の生活においてこそ、マナーは大切な役割を担《にな》ってくるのではないか。信じる対象となったマナーはどこか、宗教のようでもあって……。

さらにもう一つ、わかったこと。それは、「マナーを守る人」というのは、意外とズルい人である、ということ。きちんとマナーを守る人は普通、常識的とか上品とか思われがちなものです。しかし実は彼等は、本質が常識的だったり上品だったりするわけでは、ないような気がする。

おそらく彼等は、人間というものがいかに常識外れで下品な生きものか、ということを骨身に染《し》みて理解している人達なのでしょう。だからこそ彼等は、その醜悪な部分を他人から隠すために、そして自分でも気づかないフリをするために、一生懸命にマナーを守っているのではないか。

私も、どちらかというとそのタイプの人間です。上品な人と思われたい、というよりも、自分が本当は下劣な人間であることがバレないようにするために、マナーを守ろうとしているきらいがあるのですね。

そう思うと、完璧なマナーを誇る人を見ると、尊敬もするけれど少し哀《かな》しく、愛《いと》しい。また反対に、マナーなど無視して時には他人から眉《まゆ》をひそめられるような存在の人も、どこか憎めない。そして、自分で新しい状況を設定しては自分でマナーやルールを決めて、それにまた縛られて苦しむ……ということを繰り返している人間という懲りない生きもの自体、微笑《ほほえ》ましく思えてくるのです。

……などと、人類愛に目覚めている場合でも、ありません。マナーという問題は、何歳になっても、「これで完璧」ということはない。どんなに大人になろうとも、その時なりの守るべきマナーが生まれ、私達はそれに追いかけられなくてはならないのです。

あと三年、いや一年も経てば、この本に書いた「マナー」は古くさいものとなっているかもしれません。携帯電話など、もうどんな場所でも使用オッケー、になっているか。それともアメリカにおける煙草のように、どんな場所でも禁止、となっているか……。何でもありの時代であるからこそ、楽しみに見ていきたい、「マナーの行《ゆ》く末《すえ》」です。

酒井順子

解説

齋藤　薫

人はいつからこんなに〝癒《いや》し〟が好きになったのだろう。女性誌をめくれば〝自分の癒し方〟が必ず特集されていて、男性誌をめくれば〝癒し系の美女〟が必ずグラビアになっている。それはもう〝趣味〟の域を超えていて、ロウソクの火を見てくつろぐことや、癒し系美女をながめてホッとすることが、生きる上での必須科目にさえなりつつある。

その裏側にあるのは、言うまでもなく〝疲れ〟。今の癒し熱を見る限り、みんなよっぽど疲れているのだろう。いや、いちばん疲れているのは、若い女性であり、働き盛りの男性だ。本来いちばん疲れていない、疲れちゃいけない人々がものすごく疲れてる。世の中こんなに便利になって、あきれるほど平和なのに、なぜみんなそんなに疲れてしまったのだろう。

たとえば、若い女性が疲れているのは、みんなけっこうよく働くようになって、しかも遊び上手にもなって、単純に忙しいからだという見方もある。でも本当にそれだけだろうか。そんなに若い女性はヤワじゃない。何かもっとねっとりしたつかみどころのない疲労原因があるのじゃないか？

ずっとそう思ってきた私に、ひとつの明確な答えをくれたのが、じつはこの一冊、酒井順子さんの「世渡り作法術」だったのだ。

本のタイトルは、賢く、そして少しズルく世の中を泳いでいく女のマニュアルを想像させる。でも、違うのだ。ここには、女たちを音もなくじわじわと疲れに追い込んでいるものが何であったか？　がハッキリと語られていて、同時にそのクモの巣のようなものをキレイにほどく方法が、やさしく軽やかに描かれている。

だから私はこの一冊を、まったく新しい〝癒しの本〟としてとらえたいのだ。

たとえば、女友達と海外旅行に行った時に、誰もが必ず体験している〝女友達との気持ちのズレ〟を事細かに列記するところから、それは始まる。あまりに〝ありがちなこと〟でも、旅行マニュアルからはもちろん、マナー本からも、また旅のエッセイからも平気でハズされていたことばかり。それは、ハズしてもいいような瑣末《さまつ》なことだからじゃなく、見て見ぬふり、感じているけど感じてないふりをした方が、お互いラクだし、一見丸くおさまったような気がしてしまう事柄だからなのだ。たとえば〝清潔感の不一致〟がイヤでも露呈されてしまうツインルームでの心模様。〝相手が、いつも先にお風呂《ふろ》に入るのに、その都度バスタブに抜けた髪の毛を付着させたままで出てきたりすると、その髪の毛をシャワーで流す度にストレスが溜《た》まる〟みたいなこと。それを著者は〝一発で仲たがいの原因にはならないものの、ボディブローのようにジワジワとお互いを疲弊させるもの〟と解析する。逆に、日常生活において、相手の方がずっと清潔に生きていることが、寝食を共にすることでハッキリわかってしまった時、何をするにも〝フケツなやつ〟と思われてやしないかと、それがまた蓄積ストレスの原因になってくると指摘するのだ。

人間関係の歪《ゆが》み……と呼ぶほど大げさなものじゃない。でも、女友達のものとわかる髪の毛が一本はらりとあるだけで、長年育ててきた友情の端っこの方がその場で欠ける。「じつはけっこうフケツな暮らしをしてきた子なんじゃない？」と思われたかも……という不安が頭をよぎる瞬間だけ、死にたくなったりするのは、全人格を否定されることと同じだからなのだろう。大問題じゃないが、何とも不快な人に言えない悩みとしてそれらは体にたまり、成田に着いた女たちを必要以上に疲れさす。

そう、じつはそういう大問題でも何でもない、でも何とも不快な小問題が、若い女性には日々山積しているのだ。電車に乗っても、タクシーに乗っても、会社に行っても、合コンに行っても、いつでもどこでも、それらは発生する。でも、誰一人それを根っこから解決しよう、正解を出そうとはしなかった。だからそれによって生じる疲れは、生きてきた分だけたまってきた。ちょっとマセた子供なら、小学生の頃からたまってきた。もってる常識が人と少しだけ違うこと。あるいは逆に、同じだからこそズレが生じること。それらをこの本は軽妙洒脱《しゃだつ》に描ききり、鮮明な答えを出すのである。

一方、こんな章もある。「オープンカフェでは、どこに座りますか？」。そんなの好きにしなさいとは言わず、通りを歩いている人との間に生じる仮そめの人間関係にまで、ひとつの美学を持った著者が、テラス席を選ぶとカッコよさげだからよけい〝寒そうにしてはいけない〟と説いてくれたのにも胸がすく。そこには自分がカッコ悪いから……というだけじゃなく、寒そうなテラス席の客を見てしまう他人もまた、何だか少し惨めな気持ちになり、せっかくお洒落《しゃれ》なカフェに来たのに、〝何か違う……〟と思ってしまう損失感をまで防ぎたいという著者らしい静かな思いやりがある。

マナーは、他者への思いやりがすべてだというけれど、マナー本に書かれたマナーはやっぱり〝自分が恥をかかないためのもの〟に終始してきた。だからマナーが必要な場所ほど人を疲れさせたり傷つけたりするのだろう。一見ごくふつうの〝常識〟のワクの中に入ってしまう何気ない言動が、じつは今の時代を生きる人全員を疲れさせている。著者はそういうものが、若い女性を疲れさせ、その女性に関わっていく友達から他人までを疲れさせ、今の日本の世の中全体を疲れさせてしまっていると言いたかったのだろう。そしてそこにまつわる言動すべてにスポットを当てることで、疲れた人々を救いたかったのだと思う。簡単なことのようだけど、こんなに難しいことはない。この非常識な時代にまみれた常識の中から本当に誰も傷つかず、誰も疲れさせない常識だけを選び出す鋭い視力と大きなやさしさがないと、こういう〝作法にして癒しの本〟は書けないはずだからなのである。

じつはこれをお書きになった酒井順子さんとは、酒井さんが代理店勤務時代、直接お仕事をさせていただいている。物静かだが、本当に心あたたかい女性である。他人への思いやりが本当にさり気ない人でもある。つまり、いわゆる心のマナーがすばらしくある人なのに、自分が気配りしたことによって、相手を恐縮させたりはしない。こんなに押し付けがましくなく他人を思いやれる人は少ないだろうと思っていた。ズバ抜けた客観性をもつ人であることは、この本の内容に明らかだが、もしも世の中、酒井順子さんのような女性ばかりだったら、きっと誰もが疲れたりしないし、自分への癒しなど必要なかったろうと思うような、そんな女性なのである。

だからこそよけい、これを軽快なマナー本として捉《とら》えたくない。人間、こういう種類のやさしさとか気配りとかを持てたら、結果として自分が救われることを知ってほしいのである。誰も教えてくれないマナー、女性誌のどこを見ても載っていない癒し……それは母親が自分に言い忘れたことのように、心に響く。だからこれを読み終えた時、きっとこう思うだろう。少しだけ大人になれたかもと。

この作品は一九九八年八月、集英社より刊行されました。

集英社文庫　目録（日本文学）

酒井順子　ギャルに小判
酒井順子　トイレは小説より奇なり
酒井順子　モノ欲しい女
酒井順子　世渡り作法術
堺屋太一　歴史に学ぶ「勝者」の組織革命
堺屋太一　歴史に学ぶ「変革期」の人と組織
坂上弘　早春の記憶
坂口安吾　堕落論
佐木隆三　冷えた鋼塊(上)
佐木隆三　冷えた鋼塊(下)
さくらももこ　ももこのいきもの図鑑
Momoko Sakura　バーダマン・訳　Momoko's Illustrated Book of Living Things
さくらももこ　もものかんづめ
佐々木譲　振り返れば地平線
佐々木譲　真夜中の遠い彼方
佐々木譲　きみの素敵なサクセス

佐々木譲　タイム・アタック
佐々木譲　マンハッタンの美徳
佐々木譲　夜を急ぐ者よ
佐々木譲　犬どもの栄光
佐々木譲　南の風にモーニン
佐々木譲　仮借なき明日
佐々木譲　五稜郭残党伝
佐々木譲　雪よ荒野よ
佐々木譲　北辰群盗録
佐々木譲　総督と呼ばれた男(上)(下)
佐々木徹　船木誠勝物語　ストレイト
佐々木久子　酒——はる なつ あき ふゆ
佐々木久子　酒と旅と人生と
笹倉明　海を越えた者たち
笹倉明　アムステルダム娼館街
笹倉明　昭和のチャンプ

笹倉明　東京難民事件
笹沢左保　破壊の季節
笹沢左保　白昼の囚人
笹沢左保　孤独なる追跡
笹沢左保　絶望という道連れ
笹沢左保　結婚関係
笹沢左保　愛人ヨーコの遺書
笹沢左保　日暮妖之介　流れ星　破れ笠編
笹沢左保　大江戸火事秘録
笹沢左保　明日はわが身
笹沢左保　裸の家
笹沢左保　地下水脈
笹沢左保　眠れ、わが愛よ
笹沢左保　漂流島
笹沢左保　野望将軍(上)(下)
笹沢左保　崩壊の家

集英社文庫　目録（日本文学）

佐高信　スーツの下で牙《きば》を研《と》げ！
さだまさし　長江・夢紀行(上)
さだまさし　長江・夢紀行(下)
佐藤愛子　鎮魂歌
佐藤愛子　赤鼻のキリスト
佐藤愛子　天気晴朗なれど
佐藤愛子　娘と私の部屋
佐藤愛子　女優万里子
佐藤愛子　女の学校
佐藤愛子　娘と私の時間
佐藤愛子　男の学校
佐藤愛子　坊主の花かんざし(一)
佐藤愛子　坊主の花かんざし(二)
佐藤愛子　坊主の花かんざし(三)
佐藤愛子　坊主の花かんざし(四)
佐藤愛子　愛子の日めくり総まくり

佐藤愛子　父母の教え給いし歌
佐藤愛子　丸裸のおはなし
佐藤愛子　娘と私のアホ旅行
佐藤愛子　あなない盛衰記
佐藤愛子　幸福の絵
佐藤愛子　愛子の獅子奮迅
佐藤愛子　女はおんな
佐藤愛子　娘と私の天中殺旅行
佐藤愛子　男たちの肖像
佐藤愛子　男友だちの部屋
佐藤愛子　男はたいへん
佐藤愛子　花は六十
佐藤愛子　古川柳ひとりよがり
佐藤愛子　バラの木にバラの花咲く
佐藤愛子　幸福という名の武器
佐藤愛子　娘と私のただ今のご意見

佐藤愛子　ひとりぼっちの鳩ポッポ
佐藤愛子　今どきの娘ども
佐藤愛子　女の怒り方
佐藤愛子　凪の光景(上)(下)
佐藤愛子　メッタ斬りの歌
佐藤愛子　淑女失格
佐藤愛子　男と女のしあわせ関係
佐藤愛子　憤怒のぬかるみ
佐藤愛子　人生って何なんだ！
佐藤愛子　死ぬための生き方
佐藤愛子　娘と私と娘のムスメ
佐藤愛子　戦いやまず日は西に
佐藤愛子　結構なファミリー
佐藤愛子　風の行方(上)(下)
佐藤愛子　こたつの人　自讃ユーモア短篇集一
佐藤愛子　大黒柱の孤独　自讃ユーモア短篇集二

集英社文庫　目録（日本文学）

集英社文庫

世渡《よわた》り作法術《さほうじゅつ》

2001年5月25日　第1刷

定価はカバーに表示してあります。

著　者　酒《さか》　井《い》　順《じゅん》　子《こ》

発行者　谷　山　尚　義

発行所　株式会社　集　英　社

東京都千代田区一ツ橋2—5—10
〒101-8050
(3230) 6095 (編集)
電話　03 (3230) 6393 (販売)
(3230) 6080 (制作)

印　刷　凸版印刷株式会社

製　本　凸版印刷株式会社

ISBN4-08-747325-2 C0195